后浪

# 365日。

永恒如新的日常

[日] 渡边有子 著

吴菲 译

# 1/1

元旦早晨。

围坐在晨光中的餐桌旁,
让人不由得祈愿"美好的一年"。
新年将始。

# 1/2

正月初二，不妨将年菜盛在一个盘子里。
可以每样吃一点点，这轻松感很不错。

# 1/3

平日就很喜欢杂煮，不时地做一次。
正月里做的话，要把蔬菜用模具切出形状，
或者使用带盖子的木碗当容器，稍稍装扮一下。
各地、各家，都拥有各自特色的杂煮。
总有一天，要去把日本各地的口味都品尝一遍。
这是我暗藏心底的梦想。

# 1/1

"雪深深地下",说的就是这样的景象啊⋯⋯
周围寂静得令人害怕。雪让一切静了下来,带我们去往无声的世界。闭上眼睛,想象力也被激发,也可以什么也不想,化为虚无。
这景象仿佛可以让人永远伫立在这里。
一直生活在东京,不论你怎么遮蔽阻隔,都有某种声音传入耳中,不曾知道有这般白雪覆盖的无声世界。多亏与会津这片土地结下了缘分,想到今后每个冬天都可以体会这静谧的白雪世界,我感到开心并期待不已。

# 1/5

会津一带的地方菜"露肴",
做法是在浓缩了干贝和香菇鲜味的汤汁里
放入大量小粒的烤麸。
再加入木耳、芋头、胡萝卜、魔芋丝等其他材料。
各家在材料选用上会有一些不同,
但质朴的味道都是一样可口。
向夫君的母亲学了做法,
我决定在东京也试试这道菜。

# 1/6

这个木鱼花刨盒，
是开始独立生活时
父亲让我带上的生活道具之一。
虽不至于每天都用，
但现刨木鱼花的好味道实在非同一般。
用它熬煮鲜美的汤汁，
今年也要做可口的料理。

# 1/7

喝下七草粥，暖和了身体，
有一种滋味丰富带来的奢侈感。
关于七草粥的说法各式各样，
祈愿无病消灾，驱除邪气，
给过年期间疲于暴食的肠胃一次休息，
等等这些。
总之要让生活节奏渐渐地恢复到一如往常的状态。
今天是一个转换心情的日子。

# 1/8

过年的心情本应已经转换,
但还是用祭拜剩下的年糕,做了豆粉团。
对爱吃年糕的人来说,这真是一道令人垂涎欲滴的零食。

# 1/9

差不多可以开始做点西式的料理了。
只需将白芸豆煮好,
便可煮汤、炖菜,还可以做豆泥。
具体做什么,可以到时再慢慢考虑。
汤汁也煮出了鲜美的味道,
一定要留着,不可以倒掉。

# 1/10

工作的房间朝北且阴凉。
这里放着去年泡好的腌制食品。
工作停滞不前的时候,目光就会与这些贮存瓶相遇。
瓶子里正发生着怎样的变化?
原来薤头都是头朝上的呢。
我一边想,一边呆呆地望着。
把手伸向腌着梅干的瓶子,取出一颗,
酸得我顿时清醒过来。

$\dfrac{1}{11}$

即兴做了个柑橘沙拉。
把大量腌制好的糖醋生姜切细，
撒在切成圆片的柑橘上面，
放上几片香菜叶，
再来一点橄榄油和粗盐。
甜甜的柑橘配上酸甜的姜丝，
非常提味。
用来与油炸白身鱼相配。

# 1/12

椭圆或长方形的盘子,

可以在圆盘子出场较多的餐桌上

营造出动感。

形状和大小也有很多选择。

# 1/13

最近,食量有点过大了。
今天的午饭是用梅干调了汤汁的清爽汤面。
放入分量十足的岩海苔,同样能得到满足感。
这般柔和的滋味,
最能令人身心舒畅。

# 1/14

木下宝\*设计的葡萄酒杯小巧称手。
想来也适合用在享用和食的时候。

---

\*　木下宝，玻璃工艺家。——编者注

# 1/15

不时会很想吃
"京果子岬屋"的黄身时雨*。

---

\* 一种和果子的名称。——编者注

# 1/16

曾用来装饰婚宴会场的
大大的球形鲜花装饰。
时间已过去两年多,
虽然外形缩小了,
却变成漂亮的干花。
一看到它,喜宴的记忆
也重现在脑海。

# 1/17

受形状的吸引买下的茶壶。

一问才知,

是由威廉·华根菲尔德\*设计,

德国 JENAER GLAS 公司生产的。

虽然贵重,若不使用也就失去了意义。

放入薄荷叶或红茶叶,

随着热水的注入,玻璃茶壶变得温热,

样子也变得清丽悦目,在餐桌中央散发着存在的气息。

---

\* Wilhelm Wagenfeld,德国著名设计师,"少即是多"理念的坚定实践者。——编者注

# 1/18

这个季节,只要在鲜鱼店买到西太公鱼,一定会做这个菜。

油炸西太公鱼(2人份)

西太公鱼……12条
山椒粉……1/2小匙
A ┌ 低筋面粉……2大匙
　└ 淀粉……2大匙
啤酒……3~3½大匙
油……适量
粗盐……适量

① 将西太公鱼洗净擦干水分,撒上山椒粉。
② 在大碗内放入A,倒入啤酒使其大致溶化。
③ 将①放入②中裹粉,在加热至中温的油中煎至香脆。
④ 将油控干,撒上粗盐。

# 1/19

要想把成块的肉烤得恰到好处,着实不易。
火候稍有不同,肉的口感就完全不一样了。
仅按照多少度烤多少分钟,
绝对烤不出好味道。
只有反复实践才能找到感觉,
每每得出这样的结论。

# 1/20

有一位女士,来谈事情的时候,
总是用神户"FREUNDLIEB"的曲奇做伴手礼。
说"总是",其实很有一种安心感。
虽然很多人会希望对方有所变化,
或觉得有变化才是好的,
但不变也有不变的好。
保持不变,我想也同样重要。
且不去管这些……
香甜可口的曲奇配上阿萨姆茶,
先来一段下午茶的时光吧。

# 1/21

天冷,且云色暗淡,天气变了。
会下雪吗?
冬季的天空令人心静。

# 1/22

冲绳的旧物，以及黄濑户的小陶盘。

这种色调的器皿

与食材和料理很容易搭配。

# 1/23

让人越嚼越有滋味的乡村面包。
量不需要那么多，
一两片，细细品味就好。
为与乡村面包相配，
再做一锅炖牛腱。

# 1/24

医院、教堂、银行等，
面对古旧建筑的窗框和门，
我会不由得被吸引。
很遗憾，
如今不太见得到了。
自从打算建工作室，
走在路上，目光便不由自主地投向这些地方。

# 1/25

薰衣草香的蜡烛，
有客人来的时候我会将它放在卫生间。
起居室里有散发香气的东西
会让人感觉不舒服，
所以放在玄关和卫生间。
自己家的气味自己往往觉察不到，
所以我平时不常使用香的东西，
而是在来客人时使用，
这样香气的效果会更显著。

# 1/26

对食材精挑细选,
每一款点心都亲手制作,
她是我的朋友,点心职人长田佳子小姐。
她制作的烤点
无法单用"质朴"这个词来概括。
当然也不是浓厚华美之类,
感觉是在简单细腻之中
包含了一抹亮丽。
也许她的姿态本身即是如此。

# 1/27

去京都，就会买回这样那样的特产。

并非想好了要送给谁，却总是买回一堆想要的东西。因为吸引人的东西实在太多。

连包装也大都折痕笔直，形态端庄，让人不由得想买来做礼物。

保质期较长的糖果之类更是如此。

不禁会想，"那谁谁，要不联系一下看能否见个面？"

简直就好像在特意增加送礼物的人一样，自己都觉得可笑。

# 1/28

这个冬天

特别着迷于宽松的粗织毛衣。

配窄脚裤,穿短靴。

再戴顶大一点的帽子,

或围披巾,绕上几绕。

# 1/29

喜欢一如往日

味苦，稍硬的布丁。

## 鸡蛋布丁（适量）

鸡蛋……3个　蛋黄……2个　牛奶……450ml　细砂糖……90g
温开水……1大匙

A ┌ 细砂糖……45g
　└ 水……1½ 大匙

① 在小锅里倒入A，用小火加热，不用搅拌。颜色变至略微焦黄即关火，倒入温水。将制成的焦糖注入小杯，在冰箱中彻底放凉。
② 将牛奶倒入锅中，小火加热至几近沸腾。
③ 将鸡蛋和蛋黄打在盆内，加入细砂糖搅拌均匀。
④ 在蒸锅内放入充足的水，放在火上加热。锅盖用湿布巾盖好。
⑤ 将②倒入③内搅拌，用筛子过滤后注入①的小杯中。放在水已煮沸的蒸锅上，盖严锅盖，用小火蒸约40分钟。凉至不烫手，放入冰箱冷藏至适温即可。

# 1/30

一边做摄影后的收拾整理,
一边用剩下的食物填一填肚子。
厨房收拾得清清爽爽,
那就出门去散个步吧。

# 1/31

这细腿的木几
原先是用来放什么的呢?
在"DOUGUYA"买下的家具,
中意这纤细精致的感觉。
想用来做花台,
下次得去淘一个适合它的花器来……

# 2/1

想要一个装木勺和菜箸等
厨房用具的东西。
找到的是这件古陶器。
也可作为一件有厚重感的花器来用。

# 2/2

芜菁蒸马鲛正统的做法,

是将少许芜菁放入松软的鸡蛋白里,再浇上芡汁。

也可以将芜菁增量,而不浇芡汁。

爽口又美味。

**芜菁蒸马鲛(2人份)**

马鲛鱼……1块　芜菁……2个　鸡蛋白……1个鸡蛋的量
盐……适量　酱油……少许

① 将马鲛鱼块切成两片,撒上少量的盐,稍腌一会儿,收去水分之后,淋上酱油。
② 芜菁削皮后磨细,用筛子控干水分。再将半个芜菁的叶子切细备用。
③ 在鸡蛋白内放一小撮盐,用打泡器搅拌至拉丝。在鸡蛋白中加入②。
④ 将①和芜菁叶放入碗里,再倒上③,放在水已煮沸的蒸锅上蒸15~20分钟。

# 2/3

童年的时候念着"鬼出去,福进来"\*,我们兄妹三人总是尽情尽兴地把黄豆扔得屋里屋外到处都是,母亲事后打扫起来一定很辛苦。

然后还要吃下与年龄同数的黄豆,不,是因为吃得比这更多而挨骂……如今若是吃了与年龄同数的黄豆,那非得吃坏肚子不可。即便只是学学样子,这类传统仪式我依然愿意认真去做,所以每年都吃黄豆,吃不完就拿来做菜,加在咸鲑鱼和海带里做成焖饭。散发着黄豆香气的盐味焖饭,凉了依然好吃,也适合做饭团。

---

\* 在2月3日,即日本传统节日"节分"这一天,家家户户都要撒豆子驱邪,"鬼出去,福进来"是撒豆子时念的口诀。——编者注

# 2/4

筷子、木匙，还有黄油刀，
这些东西越来越多。
筷子要细头的，
不管怎么都好用。

# 2/5

在筑地的一家用木升\*量售豆子的店铺里物色了一番，我突然想喝红豆汤了。

除了本来要买的花豆，又买了红豆。豆子包在牛皮纸里，用纸绳稳妥地捆住，那样子很讨人喜欢。

红豆不需要泡一晚上，一时兴起想吃红豆汤的时候，也能立刻动手。只需煮沸一到两次，将之"除涩"即可。想煮得软一些，所以用慢火耐心地熬。砂糖尽量少放，然后用一点点盐提味。

虽然很喜欢年糕，但还是没加烤年糕，而是将这碗红豆汤当作热饮来品味。

\* 一种用来盛放米或酒的方形木制容器，也可用作度量。——译者注

# 2/6

来镰仓我一定去"连卖市场"*。
今天会有什么样的蔬菜呢?
日期不同,
来卖菜的农家也是不同的人。
不过我偶尔才来一次,
只能买当天当时觉得好的货品。
"就是它了!"但愿能遇到这样的东西。

---

\* 镰仓当地的农产品直销市场。——编者注

# 2/7

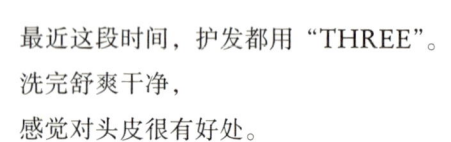

最近这段时间，护发都用"THREE"。
洗完舒爽干净，
感觉对头皮很有好处。

# 2/8

这个季节，奶味充足的食物显得格外可口。

最近，常常用焙茶做奶茶。

用牛奶将茶叶煮出味，

味道以偏浓为宜。

尽量少放糖，

这样更能品味焙茶的茶香。

# 2/9

我实在不擅长加工剩菜。某种菜一次做很多,然后今天这样、明天那样地变化做法,到头来,还是觉得很难做出可口的味道。

总是只做能一次吃完的分量,几乎没有前面所说的那种担忧……

不过也有例外。

比如用大块的肉做的烤牛肉就很难一次吃完。

第二天将它切成小块,与水芹和萝卜一起做成沙拉。即使做了加工,也尽量保持原来的味道。

# 2/10

很希望自己能够演奏乐器，然而终究还是什么也不会。
最近，夫君时隔十年又开始弹吉他了。
家里飘着现场演奏的音乐，也是一种享受。

# 2/11

一边享用着客人带来的和果子,
一边商谈工作。
摄影师和设计师是男生,
比起女生,
他们吃起甜食来更是津津有味。
有甜食在,交谈也变得顺畅起来。

# 2/12

冬季白色蔬菜的代表花椰菜，
做法是将之炖至烂熟。

**炖花椰菜（2人份）**

花椰菜……1个（小）
橄榄油……2大匙
水……100ml
帕玛森干酪……适量
粗盐……两撮

① 将花椰菜的梗部切去，放入较厚的锅（如珐琅铸铁锅）中。
② 浇上橄榄油，撒上粗盐后加水。盖上锅盖用小火炖约1小时。
③ 装盘，撒上帕玛森干酪。

# 2/13

茶的存在不容小觑。
不论在忙什么,只需一句"要不要喝杯茶"
或是"稍稍休息一下吧",
情绪便能得到安顿。
有时,煎茶的涩味或薄荷茶的爽口
都能让头脑变得清明。
无意间喝下的茶能令人松一口气,
也可指望着这杯茶的效用,怀着期待喝下。
当然也许有人觉得
这种时候应该喝咖啡。
茶对我而言,似乎向来就是身边亲近的朋友。

2/14

过情人节这样的节日,

总觉得难为情,所以只走个形式。

送一小盒自己也想吃的巧克力。

然后送上一件

可以每天随意穿着的 T 恤。

2/15

茶壶，

只要形状和材质不同，

不管已经有多少，依然还会想要。

# 2/16

去筑地市场时必定造访卖木鱼花的"伏高"。那香味好得让人想拿来直接大嚼。用这家削好的木鱼花汲取的高汤鲜味浓厚，实在好喝。

买一公斤的话，量太大，吃到最后鲜度会降低，所以我总是购买一半的量，并且立刻放进冰箱保存。

只要有鲜美的高汤，料理的味道就有了保证。

# 2/17

家里有好多河边捡的石头。
大的做书立,小的做筷架。
就算这么小,
仔细看也会发现它们各有各的品性,
只端详着就很快乐。

# 2/18

去位于东银座的编辑部时,如果正逢午饭时间,我一般会顺便去"NAIR'S RESTAURANT"。

这里的鸡肉定食吃过一次就会让你还想再来。

那是用"咖喱鸡"这个名无法概括的、很特别的菜式。

在一个盘子里,盛入炖得烂熟的带骨鸡肉、软软的卷心菜,上面放上土豆泥,然后拌匀了吃。

如果搅拌得不匀,就会被店员提醒说:"再好好拌一下。"

鸡肉定食要搅拌过才算完成。

这搅拌后的滋味时常会忽然重现在脑海,是充满魅力和诱惑的味道。

2/19

做蔬菜浓汤
要加白葡萄酒和桂皮,
这是我家特有的做法。

第一次让我感到玫瑰的美味的
是"teteria"的玫瑰茶。
不是在早晨或者夜里,
而是在午后三点想喝的茶。

# 2/21

只要买到新鲜的鳕鱼子，我就会做这道煮菜。
据母亲说，是很久以前跟东北的朋友学来的一道传统菜。

萝卜煮鳕鱼子（适量）

萝卜……1½ 根　新鲜鳕鱼子……120g　木鱼汤汁……200ml
清酒……2 小匙　酱油……2 小匙　盐……适量

① 将萝卜切成粗丝。
② 往锅里倒入木鱼汤汁和清酒，煮开后加入萝卜，用中火煮约 10 分钟。
③ 萝卜大致煮软后，加入已除去薄皮的鳕鱼子，拌匀，倒入酱油和盐。
　盖上锅盖，并不时加以搅拌，小火煮约 20 分钟。

2/22

家里的食器几乎都是白色的,
但偶尔也会被彩绘的盘子吸引。
说是彩绘,其实只是边缘带了点花纹。
我更喜欢因古旧而变得花样模糊或褪了色的器皿,
上面不需要光鲜的色泽,
盛入料理时,
最好能给人以落落大方之感。
那感觉很难把握,
要遇到让我觉得"就是它了"的东西很不容易。

# 2/23

文蛤的汤汁

怎么会这样好喝呢?

绝无仅有的鲜美。

面前有一碗文蛤清汤,

仅仅这样,

我就会感到很幸福。

# 2/24

玄关入口处放着一个木盒。
车钥匙、手表、手链、零钱包……
出门时穿好鞋子以后
常常有"哎呀,忘拿了"的东西,
把它们都放到这里。
只要都收在盒子里,
即使里面多少有些杂乱,
也不会让人太介意。

# 2/25

在超市,不由自主地想买,
却被夫君制止了。
手边有就会忍不住想吃它,
所以尽量不买。
是不是因为包装上写着"认真的点心",
才让我一开吃就停不下来?

# 2/26

摄影需要站一整天,到了夜里,脚肿得很厉害。
用"SHIGETA"的精油在泡澡后做按摩,
沉重的双脚渐渐轻松起来。
香味非常舒服,让心情得以放松。
虽然是用来按摩脚部的精油,
但我在头疼或肩酸的时候,也用来涂在脖颈上,
轻轻按摩脖颈,
就觉得郁积的疲劳舒缓了许多,人也放松了。
这种精油似乎很适合我的体质,
哪怕只让我保留一种护肤品,
我也想将它常备在家里。

# 2/27

知道世上还有"料理家"这个职业,
始于上高中的时候。
在我最喜欢的杂志 *Olive*
的饮食专栏中看到了这个词。
其中担任料理和陈设的正是堀井和子女士。
堀井女士这一系列的书,
不论哪一本,都是我向往的世界。
反复看了许多遍,
自己也曾做了甜点摆好然后拍照,并分类归档保存。
我能成为料理家,多亏这些书给了我契机,
它们如今依然是我珍重的宝贝。

# 2/28

敦实而有厚度的陶器，
用在寒冷的季节。
"Cul noir"这个名称
好像是指器皿底面的黑色。
这种陶器的优点是
也可用来盛炖煮或油炸的日式餐食。

3/1

柑橘的好味道，

源于充足的水分和酸甜的味道。

尤其喜欢八朔橘那水分恰到好处的口感。

柑橘品种似乎越来越多，

每到柑橘成熟的季节，都会出现第一次听说的品种。

我虽然不属于那种喜欢追求新奇的类型，

但是见到色泽漂亮的，

也想买来尝一尝。

若能遇见合口味的品种，更是欣喜不已。

# 3/2

去位于银座"Dover Street Market"店内的
"Rose Bakery"。
跟巴黎的总店气氛不太一样,
但有种独自一人也敢走进去的亲近感。
店内陈设十分可爱,令人目不暇接。
说到"Rose Bakery",
当然是胡萝卜蛋糕最有名。
何不去尝一尝?

3/3

桃花的节日，女儿节。
虽然喜欢以葫芦条、香菇和锦丝鸡蛋
做成的传统散寿司，
不过在醋饭上放上贝柱和鳟鱼子，
做成爽口的散寿司也不错。
心情也变得华美了。

# 3/4

TOMORROWLAND的品牌营销赠送的巧克力寄到了。是在涩谷设有分店的纽约 MARIE BELLE 的商品,薄而脆的巧克力。一种是白巧克力加开心果,另一种是牛奶巧克力里混合了果仁。

二十年前初次去纽约时,曾买回这个牌子的巧克力。记得当时因为舍不得吃而迟迟没有开封。

要将这种薄而脆的巧克力列入我的礼物清单。

# 3/5

一买来草莓，

我会立刻将它们从拥挤的塑料盒里拿出来，

盛在大盘子里端上桌。

作为零食，在饭后用手抓着吃个痛快。

总是还来不及放进冰箱，

就吃光了。

# 3/6

被怀旧的包装吸引，
我偶尔会买这种盒装的曲奇。
一般都买巧克力夹心的，
味道实在好。
有一片这样的曲奇配上咖啡，
便能心满意足。

# 3/7

请朋友来吃午餐。天还很冷，但是为了感受已近在眼前的春天气息，就在食材里加一点春天的东西。

用冬天的白色蔬菜，做成纯白的浓汤。白酱拌菜用可以抢先感受春天的嫩豌豆。餐桌整体以白色为基调。因为是午餐，还准备了饭团当主食。

毕竟是为了聊天的相聚，我将所有料理摆在桌上，这样可以不用一会儿站起，一会儿坐下。

饭后，就着朋友带来的点心喝杯茶吧。

$3/8$

夫君无意间说过想要的东西，
今天作为礼物送给他。
与其在他回家时立刻送上，
不如让他临睡前意外发现，
所以将礼物放在枕边。
日常中有些许的惊喜，
不论对于赠送一方还是受赠一方
都相宜而有欢喜。
比起生日或纪念日的大礼，
这种平常日子里的小小礼物
更能让人感到喜悦。

3/9

喜欢早晨。

不过，我希望自己能起得更早。

"early bird"的音韵令人向往。

在巴黎的跳蚤市场淘到的古布。
原本是一套床上用品,
回家一试才发现尺寸都太大了,
不用又未免可惜,
于是决定一剪两块缝成桌布。
没用多久就做成了六块清秀的桌布,
我很满意。
越洗越柔软的质地是它们的另一个优点。

3/11

向往石头房子。
要是能建在
有风吹过、看得见海的小山丘上就最好了。

3/12

作为料理家,
也作为好朋友,
都令我心生敬爱的细川亚衣小姐。

即使在她把家搬到熊本以后,
我们依然时常见面、吃饭、聊天。
希望今后仍然继续拥有
一同做料理、一同享用的时光。

3/13

我们现在住着的公寓
已经相当古旧了。
门把、顶灯的框架等
细节都变得古朴而有韵味,我很中意。

# 3/14

豆泥中加入白芝麻和香料，可以做出更具层次感的味道。

## 白芸豆泥（适量）

白芸豆（干豆）……120g　月桂叶……1片　橄榄油……2大匙
柠檬汁……1大匙　白芝麻末……1½大匙　孜然粉……1/4小匙
粗盐……适量　白芸豆煮汁……适量

① 白芸豆用水泡半天，用分量充足的水连同月桂叶一起将白芸豆煮软。然后捞出豆子备用。
② 取出月桂叶，将豆子和其他材料倒入搅拌机，将豆子搅拌至细滑，视软硬程度，可适当加入少量煮汁，搅拌至喜好的浓度。

# 3/15

我一直上课的茶室

就要关闭了,

于是去做最后的拜访。

在这里

我不仅学习了茶道,

还学会了感受茶带来的种种乐趣。

3/16

这是我敬慕的茶道老师
惠赠的茶碗。
我会每天郑重地使用它们。

3/17

两样应该都是法国的儿童用品吧。
布的可以做项链，
也可以一圈圈绕在手腕上。
在即将到来的季节，
我想用来配白衬衫。

# 3/18

每次去合羽桥办事，
我就会顺便去临近的车站，
为的是买"Pelican"牌面包。
因为到傍晚就卖完了，难免有些心急。
想着好不容易才来一趟，
或许可以分给谁，
便总是多买一些。
有"Pelican"面包的早晨是幸福的。
做简单的吐司，
厚厚地涂上一层黄油最是美味。

# 3/19

"Santa Maria Novella" 的香薰纸,
用在料理摄影后,
或者晚饭做了烤肉的日子。
不那么刻意的,优雅的芳香。

# 3/20

摄影之后，是悠闲的甜食时间。
说到工作、旅行以及美食，
这个那个，总有说不完的话题。

# 3/21

橄榄油虽然一直在用同一种,
但也时常尝试不同种类。
仅凭外观买下的时候也不少。

# 3/22

因中意这无法言喻的存在感和形态，
买下了这个凳子。
这是艺术家澄敬一先生和松泽纪美子女士的作品。

# 3/23

深色的衣服一起洗好阴干。
都是些差不多的颜色,
连我自己都觉得腻了。
看样子,被说成"风格总是不变"
也是没办法的事。
明明早已决心不再买这个颜色……
总是买些相似的衣服,
这是我一直以来的烦恼。

3/24

黄豆、豆沙和年糕的比例恰到好处。
不过于洗练，也不觉土气。
摄影师带来了
我最喜欢的"松岛屋"豆大福。
等不及拍摄之后的茶点时间再吃，
于是用作了开拍前的提神甜点。

# 3/25

下北泽的咖啡馆停业以后,
难得吃到的"CICOUTE BAKERY"的司康饼。
这是别人特地送的,
迫不及待地热好,配上奶油。
久违的司康饼的味道,
依然那么可口。
作为一个爱吃烤点的人,真是开心极了。

# 3/26

原宿的餐馆"eatrip"的食物造型师
野村友里小姐。
在她周围
总是聚集着美食和妙人。
一位非常迷人的女性,
拥有能使人感到幸福的魅力。

# 3/27

家里只有一个小小的座钟。
客厅里没放时钟。
想知道时间的时候就去厨房。
因为我不想随时都在介意时间,
所以不想把钟放在映入眼帘的地方。
手表,也从未戴过。
即使没有也不感到困惑的东西有很多。

# 3/28

买了一双 sneaker,
那样式仿佛是给小孩子穿的,
不禁想称之为运动鞋。
形状扁扁的,而且很轻。
如果配上设计宽松的长裤,
应该会显得成熟一些吧。

3/29

今早的开放式三明治。
虽然颜色和味道有些单调,
但猪肉香肠和柠檬果酱的搭配
真叫人上瘾。

# 3/30

从前有一段时间,我居然有半个衣橱都让篮子给占领了,而今大多已经清理了。

收纳布单和调料瓶时,有篮子会很方便,搬运东西时我也爱用篮子。

仅目前这些就已足够,我想还是不必再添置了。

# 3/31

早餐如果有汤，不但能摄取营养，还可以暖身。

西兰花芜菁浓汤（2人份）

西兰花……1个（小）
芜菁……2个
A ┌ 黄油……15g
　├ 木鱼汤汁……200ml
　└ 粗盐……两撮
木鱼汤汁……适量
粗盐……适量

① 将西兰花切成小块。芜菁削皮，按8等分切块。
② 在较厚的锅中放入①和A，盖上锅盖，以较弱的中火煮10～20分钟。
③ 锅中材料煮软后倒入果汁机打碎。
④ 将③倒回锅中，煮稠后加木鱼汤汁加热，根据浓淡加粗盐调味。

# 4/1

稍走远一些，慢慢地散步。
平时总在傍晚或夜里散步，
所以早上散步让我觉得很新鲜。
经过不认识的地方，
只要开着门，都令我感到意外惊喜。
位于驹场的前田侯爵宅邸旧址，
悄无声息地在那里，
这个地方每逢季节变换，
我都不禁想要去探访。

# 4/2

位于原宿的小小花店
"The Little Shop of Flowers"。
那里是一处庭院，有种让人忘了身在原宿的氛围，
花店的小屋就在庭院的一角，
这里的花有的像野花，有的非常有个性，
每次来都让我为之着迷。
也经常为了寻找用于拍照的花而来。

# 4/3

将仿佛庭院里盛开的花草,
自然地插瓶,营造柔和的氛围。
不过分甜美,恬淡而随意。
想是这么想的,做起来却很难。

是的,不过分甜美,恬淡而随意,
或许与自己的穿搭风格
也是相通的。

4/4

做糖浆时拌上细砂糖后，
要稍稍放一会，等果汁渗出。
沾在覆盆子和蓝莓上的细砂糖溶化之前，
口感浓厚又有颗粒感，
趁这时先尝一点。
做出来的糖浆
用来配酸奶或鲜奶油。

# 4/5

在客厅放一朵花。

它恬静地开在房间的角落里,

花期总要在某时结束。

这些天里,不禁为这朵即将凋谢的花而惊叹。

凋零之前盛放的那一刻,

让我了解华丽的意义。

# 4/6

今早天气微寒,于是拿昨晚用水发好的白芸豆做了个汤。用黄油把洋葱慢慢炒一下,将白芸豆和汁水连同百里香一起倒进锅里,盖上锅盖,煮至豆子松软即可。用少许盐调味,也可随喜好加一点胡椒。泡过白芸豆的汁水味道很好,倒掉未免可惜。白芸豆的味道煮在了汤里,加上洋葱和黄油的香味,汤味微甜,暖胃又滋养。

同吃的煮鸡蛋要现煮到半熟,趁热吃。蘸一点盐也不错,不过现煮的话,直接吃就很好吃。我不喜欢在煮鸡蛋上撒粗盐。那硌牙的感觉就像咬到了蛋壳似的。

4/7

不知道为什么
我不太喜欢樱花的季节。
有种情绪跟不上的感觉，
或者说，本来应该一如往常的日子，
却不知怎的失却了宁静。
所以我也不特地出门去赏樱。
在散步途中，
久违地看到了近在眼前的樱花，
粗壮的树干上冒出了新芽。
原来大家都在努力呢。

# 4/8

与好久不见的朋友,喝下午茶。
"最近过得怎么样?"
聊着无关紧要的话题,
任时间慢慢流走。
难得相聚一次,要了店家推荐的正当季的草莓瑞士卷,
两个人分着吃。
因为只点了一块,
店员特意为我们切得厚一些。

# 4/9

西麻布的咖啡馆"R"的店主
泷本玲子女士,
不论什么时候见面,她都打扮得潇洒漂亮。
每次见到,我都忍不住想问:
"这衬衫在哪儿买的?""项链呢?"
"你不要的时候送给我吧!"
虽然每次都这么念叨,
但我也知道,
因为是玲子女士,才能穿得这么有型。
她是那种不管年龄几何,
都拥有自己风格的帅气的年长女性。

4/10

新土豆一上市，我又想做煎土豆了。
都说新土豆不适合煎炸，因为水分充足，但好在皮薄，
可以连皮一起煎。
而红皮土豆也很诱人，听说是冲绳产的。
把迷迭香放进油里，一边煎出香味，
一边把带皮土豆煎脆，最后撒上粗盐。
最好趁热吃。
其中有红皮土豆，真是赏心悦目。

# 4/11

在"YAECA"新品发布会上订的货送到了。试穿时，怎么也定不下要哪件，于是买了不同颜色的同款。这于我是罕有的事，而且不管是白衬衫还是藏青衬衫我都各有好多件了。

样式简单但又有其独特之处，秘诀在其细节。"YAECA"的衣服拥有这样的魅力。

# 4/12

《玉惠的腌制食品》

这本书的作者宅间玉惠女士做的咸菜,

藠头和腌萝卜条。

果真是不负期待的正统味道,

让人忍不住吃了还想吃,

很适合在喝茶的时候吃。

对这类腌制食品,

如果认识制作者,

就会吃得越发高兴。

$4/13$

简直像去赶海挖来的一样
装在网兜里卖的花蛤。
超市里的是封得严严实实的塑料盒装，
所以一旦被这样的包装吸引，
会不禁要将它买下。
今晚就用生姜做配料，
跟西芹一起做一道葡萄酒焗花蛤吧。
当季的食材
最适合用简单的做法。

# 4/14

偶尔在附近的大学校园里散步。

学生们有的在操场上活力十足地锻炼着,有的在校园里做发声练习。
一旁是骑单车的孩子们,还有散步的老人,真是个闲适的地方。
很怀念学生时代,不过自己当时在做些什么呢?已经不太记得了……

# 4/15

位于尾山台的"AU BON VIEUX TEMPS"的果仁糖。
总是先被那可爱的包装所吸引。
以前经常买来做伴手礼，
但因搬家后距离遥远，
一段时间里甚至忘了这种糖果。
来我家商谈工作的编辑，
是个喜欢可爱之物的人，
这是她带来的礼物。
很久没吃了，感觉比以前更加美味。
伴着咖啡，一粒、又一粒……
久未品尝的味道，真好。

4/16

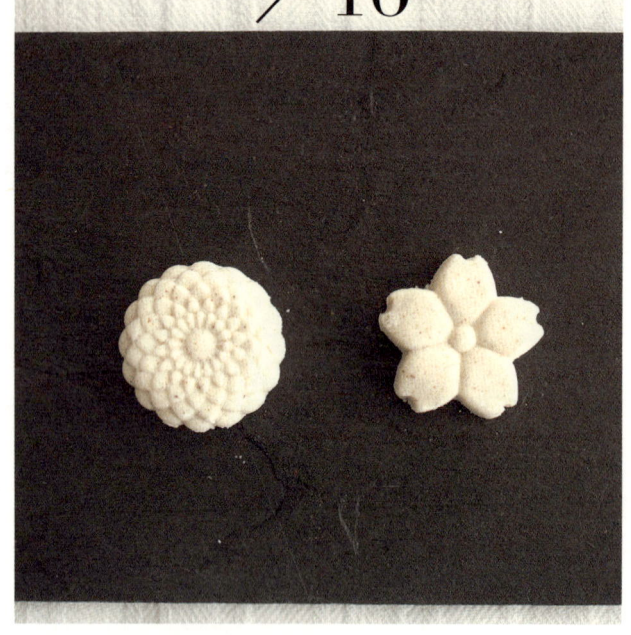

这是去给料理家潘薇女士做了料理摄影的夫君
带回来的"小小礼物",
老师亲手制作的杏仁点心。
松软度正正好,入口即化,好吃极了。
简直不知这形状是如何保持住的。
听说这是特地为摄影人员和料理教室的学生们做的。
潘女士那样的大忙人,还能如此体贴,真令人佩服。
我要向她学习。

# 4/17

一个做料理工作的朋友从巴黎带回的礼物。
曾因在巴黎做厨师的朋友的推荐买过这种红酒醋。
看来美味之物还是要靠贪吃之人来传承。
当时用得很省,心想若是多买几瓶多好,所以很高兴收到这件礼物。
话说回来,朋友居然从国外买这么重的瓶装醋送给我……感谢。

4/18

黄色调的器物有暖意,
会让菜肴显得很可口。
在一间卖旧货的店里,
我一眼看中的这件陶器并非盛放食物的器皿,
据说是瑞典某种古老点心的模子。
不过,不论是深浅还是形状,都很适合用作器皿。

# 4/19

不论有什么事都能互诉衷肠的同龄好友
雨宫塔子小姐。
也许正因为巴黎和东京之间的遥远距离，
才使我们保持亲密。

# 4/20

摄影提早结束，于是去了在有乐町的东京国际会议中心举办的大江户古董集市。目标是"ATLAS antiques"的展台。这家店出售的主要是来自法国等欧洲国家的旧货。店主夫妇是最近才认识的，非常和蔼可亲，对商品总是给予非常详尽的说明，令人感受到他们对货品的爱。
他们经常在古董集市上开店或举办展览，每到那时，我总是坐立不安，非要去了会场才甘心。他们在千叶的店，希望什么时候有机会慢慢拜访。

4/21

羽衣甘蓝、茴香、菜花、莳萝……
蔬菜和香草的花，
怎么会这么可爱呢？
如果将这些花撒在沙拉或肉菜上，
浅绿层层相叠，
定会显得分外美丽吧。

# 4/22

萨拉米、干肠、腌橄榄等,
只要冰箱里常备着这些,
就可以暂且拼成一道菜。
每样各尝几口之后再回厨房,
接下来,可以再做点暖和的料理。

# 4/23

先起床的夫君为我准备的早饭。

用冰箱里现成的萨拉米和乳酪做成的简易拼盘。

一早起来桌上已备好了早饭,

作为一天的开始,没有比这更幸福的了。

# 4/24

四月的尾声。

每逢略有初夏感觉的热天,
就会想喝冰得透心凉的白葡萄酒。

# 4/25

意大利的杂志。

这一页的色调、设计,
真令人喜欢啊。

# 4/26

去广受好评的面包店"Le Ressort",做个稍远的清晨散步。
这地方是我早就想来一趟的。毕竟是周末的早晨,店里挤满了客人。
从看起来很好吃的面包中,发现了一种切口漂亮的面包。
如此精致的切口,以前从来不曾见过。
总之,太可爱了!
回家后立刻尝了一下,软度和黏度的平衡比例堪称绝妙,麦香十足,完全符合我的喜好。
这里三明治和甜面包的种类也十分丰富,受欢迎是理所当然的。

# 4/27

在小餐馆，点了一份法国产白芦笋。

每到这个季节，总想尝一次。

主料用荷兰酱。

简简单单的最好。

4/28

为我的杂志连载栏目拍照的摄影师马场若菜小姐。

她内心坚强，却又不失纯真。
这般性格的她，拍的照片亦是如此。

# 4/29

酸奶眼看着吃不完了，就做成滤水酸奶，用来做甜点。

原味酸奶滤掉水，加蜂蜜，
充分搅拌至有光泽。
将我爱吃的覆盆子或蓝莓，加细砂糖煮一会儿，
做成果酱汁，厚厚地浇在酸奶上。
滤水酸奶也可拌上酸奶油，
更增一道浓郁的酸味，十分美味。

4/30

现挖的竹笋,

根本不需要用米糠什么的除涩,

直接切片像刺身那样吃就好。

生活在东京,

难得遇见这么新鲜的竹笋,

所以一买来,就尽快用水烫好备用。

然后不论是竹笋饭、烤竹笋还是炖嫩笋,

都可以尽情品尝。

烹饪竹笋虽然费事,

但绝对是自己煮的好吃。

# 5/1

从前的住房院子里曾种着铃兰。

每年春天来临,小小的新芽就从润湿的土里冒出来,眼见着它们一点点长大,刚进入五月,楚楚可怜的白色小花便绽开了。

铃兰对时间的恪守总是令我感慨,甚至可以说时至五月这件事都是铃兰告诉我的。它们虽然楚楚可怜,生命力却很强,随着年数增长,植株旁边每年都会横生出新枝。自从住进没有庭院的房子,朋友每年都从自家园中摘取铃兰送来。所以我也还可以有"啊,又到了这个季节"的感念。如果能像铃兰那样,同时拥有坚强的生命力和楚楚动人的美,那将是多么美好啊。

5/2

天气稍微热起来，
就会想吃羔羊肉。
将"Turk"的烤锅加热至滚烫，
用橄榄油煎羊排。
羔羊肉的好，就在于即使做法简单，仍能做出醇厚的滋味。

# 5/3

初夏渐渐近了,
黄昏时清风吹拂。
约了附近的友人,一同会餐。
在露台上,先喝上一杯!
为这次相聚,
备好了外观大方漂亮的汽酒。

女生绝对喜欢。

# 5/4

摄影时也开始出现越来越多的夏季料理。

今天的主题是"异国风味"。

鸡翅配鱼酱,

再用泰国柠檬叶做底料,

炸成香脆鸡翅。

再挤上一点青柠或柠檬汁,

简直是绝美的夏之味。

# 5/5

从幼时就特别喜欢吃的红豆饭。

喜欢到只在值得庆祝的日子吃还不够，

平时也想吃。

有时自己煮很多，

有时也在和果子店顺便买来。

今天是儿童节*。

既然是难得的好日子，

就美美地吃一顿红豆饭。

也许本来应当是吃粽子更合适……

---

\* 日本每年有3个儿童节，分别是5月5日男孩节、3月3日女孩节和11月15日的七五三儿童节。

# 5/6

做了最近很风靡的盐渍柠檬。

腌至表皮变软,盐味也柔和起来时就算做成了。

可以在做盐味烤鱼时撒一点,也可以加在沙拉里。

对了,煮八爪鱼的时候,往开水里放两瓣盐渍柠檬,就能煮出爽口且咸度正好的八爪鱼。

**盐渍柠檬(适量)**

日本产的柠檬……3 个
粗盐……柠檬量的 10% ~ 15%

① 将柠檬切成 8 等份,抹上粗盐,装入经过煮沸消毒的密封瓶。
② 存放在冰箱,每天一次轻轻晃动整个瓶子。约一个月后可食。

# 5/7

偶尔会很想吃便当。

也不是要带便当出门，而是在家吃一早就做好的便当。

这样的话，在写稿等想要集中精神的时候，就无须担心午饭的问题，而且我觉得装在便当里的菜与现做的菜又有着不一样的好滋味。

三色便当是便当中的经典款。比起讲究的便当，我更喜欢这种令往日味觉记忆复苏的味道。

一边品味着便当的余味，一边着手下午的工作，那感觉真好。

# 5/8

在下北泽的"Fog Linen Work"
注意到这些画着鸟儿的瓷砖。
忽然发现,不管是胸针还是筷架,
我常常被鸟的图案所吸引。
这之前,我还看上了一件小鸟和少女的木雕作品。

# 5/9

每天早餐都少不了酸奶。
搭配当季的水果一起吃。

$5/10$

朋友烤的司康饼。

现烤的别有一种好滋味。
配上打得比较细滑的鲜奶油，
还有浓稠的蜂蜜。

# 5/11

母亲节。

本来想送给婆婆的"Santa Maria Novella"的百花香\*。

车里总放着这种百花香，

想起婆婆每次坐车都说：

"真好闻！这香味好！"

于是暗自决定，等到母亲节，就送这个。

很正式的礼物虽然也不错，

但又觉得我们都喜欢的、可以分享同感的东西也有无法形容的好。

还要把感谢的心意写在卡片里……

\* 干燥花瓣和香料的混合物，多用于室内香薰。——编者注

## 5/12

露台上，用熔岩石围成的岩石花园。客人来时，都会为这些熔岩惊叹。

其实这并非我们的爱好，而是原先就有的东西，不过还是在那小小的空间里，种了些香草。

又是强风，又是烈日，虽然这里条件严苛，百里香柔弱的枝条在不知不觉间，迅速地长起来，开出了粉红色的小花。

# 5/13

"阿古"的腌腱子肉,是父亲总是寄来的冲绳风味。"阿古"是冲绳特产的猪。

用大量粗盐和父亲在院子里栽培的香草腌制的腌猪肉,散发着独特的香气。

正好在味道最佳的时候寄到,于是立刻用慢火炖起来。

待咸味煮到浓淡正好,就趁热切成小块,配上蘘荷、青紫苏等香辛料同吃。那味道非常独特,越嚼越香。

5/14

芍药，我最喜欢的花之一。
本来是对大花没兴趣的，
只有芍药，喜欢得不得了。
把还握得紧紧的圆骨朵，
和开得正好的花朵，
一起插在花器里。
一不注意，也不知什么时候
大量的花瓣已散落在地板上，
那情形，有时会让人不禁莞尔。
芍药的盛放堪称壮观。

# 5/15

受邀参加羊绒品牌"n100"的五周年纪念晚宴。
要说"n100"的产品,薄而舒适的针织衫、连衣裙、披肩、吊带衫等,这些居家或旅行时不可缺少的单品,我都配得很齐全。
晚宴的氛围悠然闲适,结束时得到的纪念品是玻璃艺术家辻和美女士创作的五件套的套杯,多么奢侈啊。

# 5/16

我希望玄关总是保持清洁。
一直在寻找好用的扫把和簸箕,好不容易找到的,是这种一体型的。放在玄关也不会觉得扎眼,而且很好用。
所谓机能美,就是这样的吧。

# 5/17

在露台上种了一年的桑树,结的桑葚开始渐渐转红。
到底应该什么时候采摘呢?
等到成熟,一不小心就会被鸟儿们吃掉。
唉,这样也不错吧……

# 5/18

新洋葱、嫩玉米、新土豆。
在这个时鲜之物开始上市的季节，我最爱的蔬菜们。
新洋葱整个用烤箱烤。味道更甜了，而且柔嫩多汁。
嫩玉米也是连苞叶一起烤，里头像蒸过一般，非常好吃。
也可以剥去苞叶后油炸。
玉米须也可以用油煎来吃，玉米味相当浓厚，清甜可口。
吃一次准会上瘾。
新土豆整个用炭火烤，吃的是外皮的焦黄，里面的绵软。
这个季节蔬菜的个中滋味还是要整个吃才能品味得到。

# 5/19

不论什么都能包容的春卷真的很厉害。

材料也无须固定为某几种，所以包什么都可以。

今天包的是鸡胸脯肉、罗勒和梅干，油炸成脆脆的春卷。

这是夫君用冰箱里现有的食材做成的。

在初夏时节，

这令人欣喜的爽口春卷，

真是相当美味。

下次还要跟他再点这道菜。

# 5/20

住在巴黎的友人
总是当作礼物送给我的
乌鱼子。
因为是用蜡封好的,
随吃随切,能保质很长时间。
切成薄片配上萝卜或芜菁,还有柠檬
味道也很不错,
每次都想做来尝一尝。

# 5/21

乌鱼子意面！

毫不吝惜地把一大块乌鱼子磨碎，
与黄油一起放进大盘。
再倒入热腾腾的煮好的意面
迅速拌匀，就做成了。
也可以按照个人喜好，
在上面再撒一层乌鱼子，
或者多多地撒上现磨的黑胡椒也不错。
每当获赠这来自巴黎的乌鱼子，
就一定要做一次这奢侈的意面。

5/22

早饭时间比较充裕的时候,
心情也完全放松下来。
用冰箱里现有的蔬菜做的汤。
借着这丰富的色彩度过充满活力的一天吧。

# 5/23

我的朋友，
一对在山梨经营着葡萄酒庄"金井酿造厂"的夫妇，
送给我一些德拉华葡萄（Delaware）的新芽。
葡萄的新芽我还是第一次看到，真可爱啊！
试着用油炸了一下，
带有微微的葡萄味。
从这么小的新芽，
长大，结出果实，
然后才酿成了葡萄酒。
他们家的葡萄酒，在东京的西餐馆里也很受欢迎。
好想去探访他们的葡萄园。

5/24

觉得百香果

是用来闻香的水果。

常常为了享受它的香气,

把百香果盛在果盘里放到客厅去。

# 5/25

从一早开吃烤牛肉。

竟然觉得还挺合适的。

# 5/26

去到筑地市场就不能过门而不入的
"茂助团子"。
在店里吃一碗鸡蛋杂煮，
然后买这种团子带回家，
这是我一向的做法。

# 5/27

"抱歉这么晚才送给你……"
从好几年没见面的友人那里,
得到的结婚贺礼,是一捧色调雅致的花。

结婚已经两年,
今天又有了新的感受。

# 5/28

好久未曾造访的"折形设计研究所"。
向负责人山口美登利女士学习
祝仪袋的折法。
日本自古的传承，
种种周全的礼数，
都是些令人不禁要正襟危坐来学习的传统。
还以为会觉得紧张，
哪想美登利女士始终风趣又活泼，
营造着其乐融融的气氛。
她实在是个极好的人。

# 5/29

心满意足地品味
"千疋屋"西柚果冻的奢侈感。
竟然可以尽情地独享一整个,
这一瞬间觉得做大人真好。

# 5/30

获赠了刚上市的枇杷。

说到枇杷,还记得小时候,每到这个季节,父亲总是在下班时顺路买回装在纸盒里的枇杷和樱桃。

我最喜欢樱桃,每次都期待得不得了。当时觉得枇杷应当是大人的水果。

尝鲜的乐趣,以及食物要当季才好的道理,都是从那些回忆中学到的。

# 5/31

朋友工作室里种的月桂树。

临走时,

她麻利地将枝叶捆成小捆给我带上。

一个不论做什么,都十分得体的人。

# 6/1

绿皮西葫芦直接生吃的时候,切成极薄的薄片。先把薄片放在水里稍稍泡一下,然后控干水分。只要绿皮西葫芦片略有翻卷,就说明切得够薄。

把帕玛森干酪削成薄屑撒在上面做配料,浇上少许橄榄油,再撒点粗盐和黑胡椒,沙拉就做成了。

虽然明知绿皮西葫芦加热后也很好吃,但生吃有生吃的好。因为材料简单,最好用优质的橄榄油和盐。

# 6/2

去"AT THE CORNER by ARTS & SCIENCE"看画展。
版画家 Patricia Curtan 的原画展。
伯克利的餐厅"Chez Panisse"的菜单就是她画的。我一直很喜欢，就盼着看看原画。
Patricia Curtan 画的蔬菜和水果非常可爱，而且别具个性。近观这些小小的原画，好想有一天能拥有一幅画着果物的大幅作品。

# 6/3

去了那家热门的
专卖原味吐司的面包店
"CENTRE THE BAKERY"。
很感兴趣,但听说要排队,所以一直没去成。
绵软的原味面包,
与其用来做吐司,不如做成水果三明治或者黄瓜三明治
更有滋味。

# 6/4

插图画家山本祐布子小姐赠送的冰激凌书。
喜欢祐布子小姐的笔法和造型构思。
这本冰激凌书也非常具有她的风格。
一直很羡慕会画画的人。

她还擅长做菜。
她曾说:"我想像做菜一样画画,像画画一样做菜。"
这句话令我印象深刻。

6/5

买了夫君喜欢的绣球花回来。
浑圆硕大,多么可爱。

就快入梅了……

# 6/6

正在计划建一间厨房工作室。
为了商谈这事,
去了室内设计师片山正通先生的事务所
"WONDERWALL"。

漂亮的空间设计和陈设令人目不暇接,
让人觉得,这里根本就是一间现代艺术的美术馆。
能在这样的环境里工作一定很幸福。

# 6/7

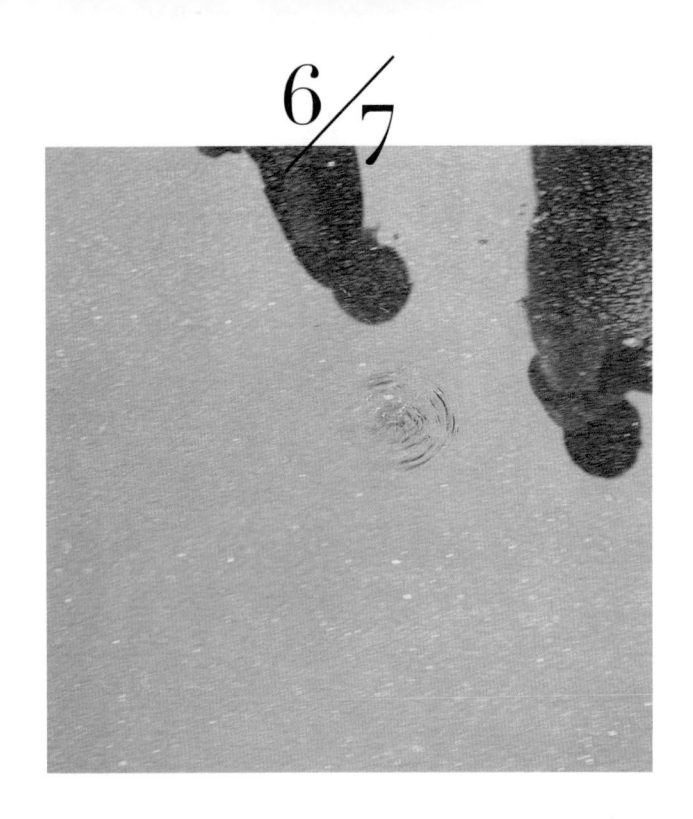

下雨的日子,

会觉得忙碌的心情也有所缓和。

雨天也不错。能这么想,是从什么时候开始的?

# 6/8

工作室的地板
要铺成什么样的?
正在搜寻各种方案。
这种人字形的拼木地板
也让我很向往。

6/9

昏暗的光照下，青灰色的铁板。
美国车厘子的暗红
显得分外夺目。

# 6/10

做洋李糖浆。
将洋李和砂糖交替放入，
就出现了红色圆点图案。
看着砂糖一天天逐渐溶化的样子，
等待2～3个星期。
到时糖浆浇在刨冰上，
一定是可爱又可口。

6/11

往番茄酱里打几个鸡蛋。

鸡蛋煮至半熟,

调味只用盐和胡椒。

家里什么也没有时的早饭。

# 6/12

喜欢薄且精致的玻璃杯,
也喜欢这种外形敦实、夹杂着气泡的玻璃杯,喜欢这称手的安心感。
何不用它来喝像浓果汁一类的饮料,
或者是温热的番茶呢?

# 6/13

在露台上结了果的桑葚。
能看果树一步步结出果实,
毕竟是件开心事。
如果还能吃到果实的话,那就更开心了。
做果酱怎么样?
煮过之后,
大概只剩一点点了吧。

# 6/14

起床稍迟的早晨。

把预先做好的可乐饼用油煎过，

做成开放式三明治。

这时用的面包，

必须是软硬适中的原味吐司面包。

可乐饼、圆白菜丝，还有伍斯特沙司。

不玩花样的美味只须尽情品尝就好了。

做梅子糖浆。
用熟透的梅子是我这几年的喜好。
即使冰糖的量稍减，
依然能酿出熟梅的圆润滋味，
有回甜的感觉。

**梅子糖浆（适量）**

梅子……1kg　冰糖……700～800g　醋……100ml

① 往经过煮沸消毒的贮存瓶里交替放入梅子和冰糖，再浇上用于杀菌的醋。
② 放在背阴处保存。不时轻轻晃动瓶子。大约一个月后可食。

# 6/16

这道沙拉里放了煮过的麦片，麦片饱满的颗粒感，加上软、脆等各种口感的食材，吃起来别有风味。

**鳄梨麦片沙拉（2～3人份）**

麦片……40g　芜菁……1个　菊苣（红）……1/2个
小鱼干……2½ 大匙
莳萝、细叶芹……适量　橄榄油……1大匙　粗盐……适量

① 将洗过的麦片放到开水中煮20分钟。倒入筛子里用水冲洗后控干水分备用。
② 芜菁稍留一点茎叶，剥皮，切成12等份，撒上少许粗盐拌匀备用。菊苣横切为3cm大小。鳄梨挖去果核，削皮，切成中等大小的块状。
③ 将①和②以及小鱼干倒入沙拉盘，放上莳萝和细叶芹的叶子。均匀地浇上橄榄油，再加柠檬汁和粗盐调味。

# 6/17

天气闷热的日子,
午饭是今年第一次吃的素面和各种副菜。
想做得清淡爽口一些,
所以在面汁里稍加了一点切碎的梅干。
干炸鸡、汤汁蛋卷、
煮油豆腐、干焙魔芋……
最基本的家常菜,这样那样地摆上桌来。

# 6/18

"YAECA"家独创的烘焙品牌
"PLAIN BAKERY"。
这种糕点有着精心制作而成的味道。
简单中蕴含着与众不同。

# 6/19

今晚有要好的朋友来吃饭。
要求是"像平时一样"。

一边选食材,一边动手做,
菜单难免也会出现一些变动,
但是想着将要一同享用的人,
做料理其实很快乐。

# 6/20

去服装搭配师伊藤正子小姐的工作室。布置简洁,不论哪个角落,取景都是一个漂亮的空间。

她用分量十足的洋葱和香料,
为我做了一道咖喱鸡肉。
装盘的方式非常可爱,
味道也非常不错。

# 6/21

在朋友家摘了李子。
李子树长在庭院里，
满树果实累累，
大家都尽情摘了个够，
还远远没能摘完。
带叶子的果实
为什么这么招人喜欢呢？
放上4～5天，使果子熟至深红，
那么，用它们做什么呢？

# 6/22

夏天的摄影。

油炸苦瓜和秋葵。

有着苦味和黏稠口感的夏季蔬菜，

给人一种有益健康的印象。

面衣里加上咖喱风味的香料，

炸得脆脆的。

"应该就着喝啤酒！"

同事们也一致好评。

# 6/23

乘坐东海道线的列车一路晃悠着去往真鹤。
反正又不赶路,
坐着每站都停的慢车,悠闲地望海。
偶尔体验一下这样的旅程也不错啊。

# 6/24

旅途中，我总想知道
当地人吃的都是什么样的东西。
在真鹤车站附近的一间鱼铺里，
出售着这些看上去非常可口的熟菜。
探寻当地的食物
也是旅行的乐趣。

# 6/25

差不多就快过季的藠头。
糖醋泡的和盐腌的,
急急忙忙做了五公斤。
把根和芽切掉,剥去一层皮。
做起来相当费工,
一公斤要花一个小时。

如果辛苦能换来"美味"的话,
就很值得。

# 6/26

与"吃货"朋友一起,
去四谷的"福永水果甜品店"。
在樱桃的季节,
怎么也要吃一次当季的芭菲。
樱桃雪芭和冰激凌的搭配简直妙不可言。
等到了桃子和葡萄的季节,还想再来。

6/27

在巴黎常吃的洋蓟，
柔软温润，非常可口。
洋蓟花的颜色还是第一次见。
应该可以直接做成干花吧？

# 6/28

在盛产各种洋李的六月，

做了各种各样的糖浆备用。

约十个洋李与一半分量的冰糖，

再倒入半杯巴萨米克白醋。

一定能做出酸甜适中、滋味丰厚的糖浆吧。

分量无须那么精确，

只要能享受到那时酿出的味道就好。

# 6/29

夫君最喜欢的咖啡果冻。
身边什么食材都没有的时候就做这个。

咖啡果冻（适量）

咖啡（浓）……600ml
细砂糖……30g
吉利丁片……10g
奶油……适量
蔗糖砂糖……适量

① 将咖啡和细砂糖倒入锅中，以中火加热，再放入预先用水（计量外）泡过的吉利丁片，使其溶化。
② 将煮好的咖啡放凉后倒入玻璃杯中，放入冰箱使其凝固。
③ 在奶油内放入蔗糖，使其溶化，倒在②上。也可随喜好加鲜奶油。

# 6/30

对樱桃完全没有抵抗力。
尤其是像这样摆着卖,
更是不能视而不见。

对了,
一直想要一副樱桃去核器。
每到要煮樱桃的时候才想起来,
之后又忘得一干二净。
这样的情况重复了一次又一次,多少年了?!

# 7/1

奈良"胡桃树"的店主,
石村由起子女士寄来的蔬菜。
因为工作,四处出差的由起子女士
现在应该在北海道吧?
说是"产季就快过去了",
特意寄来了美瑛的白芦笋。
还包括即将迎来产季的玉米。
多么令人愉快的季节礼物。

# 7/2

想趁着白芦笋还新鲜，

赶快做个菜。

调了荷兰酱，

白芦笋要现煮，趁热吃。

荷兰酱（2 人份）

鸡蛋黄……2 个　柠檬汁……1 ～ 1½ 小匙　黄油……80g　盐……少许

① 将蛋黄倒入锅中，加少量柠檬汁，用打蛋器搅拌。以小火隔水加热，同时不停地搅拌至蛋黄开始变黏。
② 放入黄油，轻轻搅拌使其溶化，搅拌至有黏稠感时关火，并将剩下的柠檬汁倒入搅匀。尝其浓淡，用盐适当调味。

# 7/3

在"ARTS&SCIENCE"买的
蓝染的亚麻衬衫。
裁剪样式自不用说,
最中意的是那种清凉透风的感觉。
这个夏天,说不定会一直穿着它。

# 7/4

梅雨也到了最盛的时期。
因为绣球开得美，
雨也不那么讨厌了。

# 7/5

用六月里酿好的梅子糖浆,
做大量的果冻。
弹性好到会打战的梅子果冻,
不论直接吃,
或是放入玻璃杯,再倒上苏打水做成梅子汽水,
都是清爽的夏日最佳甜品。

**梅子果冻(适量)**

梅子糖浆……200ml　水……300ml　吉利丁片……10g

① 将梅子糖浆倒入锅中,加水以小火加热。煮开后关火,将用水(计量外)发好的吉利丁片溶入后倒入方盒之类的容器中放凉。
② 在冰箱冷藏使其固化,用匙舀出装盘。

# 7/6

不论什么时候见面都打扮得很漂亮的编辑朋友。
她说今天是休息日,刚按摩回来,
所以穿得很随便……
虽说随意,那程度的拿捏是很难模仿的。

7/7

用来做菜之前的数日里，
先让罗勒在桌上散发清香。

# 7/8

甜瓜一切两半，

去籽的时候，

连带把果汁也扔掉的话实在可惜。

往滤出的果汁里足足地加上生姜汁，

再倒回挖空的地方，

就成了姜汁甜瓜。

配上抹了酸奶油的黄油酥饼，

就是下午的甜点了。

7/9

揉面做葡萄干酵母种的面包。
好久没有揉面团了,
面团柔软的手感让人好舒服。
外行人做的面包,
每次做出来味道都不一样。

这也许会让我热衷一段时间吧。

$7/10$

今晚到料理家朋友府上做客。
跟很久没有聚餐的朋友们一起,
围桌享受着美味的菜肴,
令人垂涎的话题说也说不完。

7/11

这个夏天常吃香鱼。
香鱼皮厚,
所以即便只加盐烤,
鱼肉依然鲜嫩可口。

# 7/12

据说,今晚的满月是超级月亮。
大概是心理作用,看起来的确很大。

究竟是从什么时候
开始有超级月亮这个叫法的呢?

# 7/13

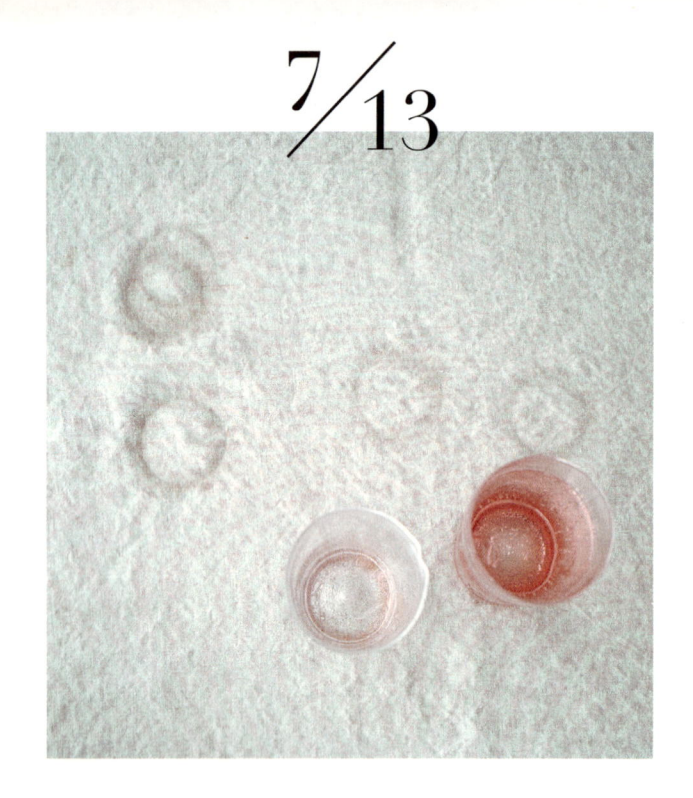

用亲手做的洋李糖浆
调成的酸甜汽水。
在摄影的空闲时间里，来一点提提神。

# 7/14

今天是结婚纪念日。

回家路上想起来,
就到代官山的"IL PLEUT SUR LA SEINE"买橙子蛋糕。
这种蛋糕好吃到令人感叹。
现找来蜡烛点燃以示庆祝。

# 7/15

我最近热衷的早餐是,
往酸奶里放一切两半的小番茄,
再加上少许蜂蜜。
这是名为"aiko"的品种,相当甜,
但也带一点酸味和硬度。
跟酸奶很配。

# 7/16

总是打扮得新潮又漂亮的服装搭配师，
今天她颈上挂的，
居然是
裙带菜！
开玩笑啦。
这是"MARNI"的项链，
她说，这是她夏天必备的单品。

7/17

天气晴好，想在外面野餐。
一旦走出家门，即便不去远处，也觉得
神清气爽啊。

# 7/18

最近每周要烤两次酵母种的面包。
那么，今天烤出来的成果如何呢？
每次的味道总有一点点不同。

# 7/19

像小学生那样率性地
在雨中嬉戏的两个朋友。
一直保持童心的人,
是美好的。

# 7/20

慢炖油炸茄子,以及浅渍越瓜。

夏日里的乐趣,是在傍晚提早把需要放凉的菜做好。

### 浅渍越瓜(2人份)

越瓜……1/2个
盐……两撮~适量
醋……2小匙
蔗糖砂糖……1/2小匙

① 将越瓜切成均等的3段,挖去种子和瓤,切成圆形薄片。
② 在菜盆中放入①,撒上两撮盐,揉软入味。
③ 将腌出的水倒掉,加上醋和糖,用力揉和,使之入味。如果盐味不足可适当加盐。在晚饭时间之前,放冰箱使之继续入味。

# 7/21

桃子，是一种充满诱惑的水果。
直接吃当然美味，
也可稍稍加工做成料理。
今天，正是桃子料理的摄影。

# 7/22

夏日最盛之时。

开车驰向郊外。

要想换个心情,这天气再好不过了。

# 7/23

摄影的余韵……

# 7/24

位于代代木公园附近的红酒吧
"AHIRU STORE"总是顾客盈门。
第一次去,是我敬爱的前辈夫妇带我去的,
当时真是太高兴了。
今天又在店门前与这对夫妇偶然相遇,
于是决定临时参加!
如此愉快的偶然,实在难得一遇。

# 7/25

近来对黑皮小南瓜的美味情有独钟。
那糯软甘甜的滋味,
不用调味就很好吃。
因为个头小,一次就能用完一个,
这也是令我中意的地方。

# 7/26

从位于京桥的编辑部回来的路上,
顺道去了"CENTRE THE BAKERY",
没想到碰巧撞见了山村光春君。
他是个爱面包、爱咖啡的潮人编辑。
且不说选择面包店的眼光一流,
不论去哪里,他都是骑自行车前往,
这做派也是十足的潮人范。

# 7/27

"虎屋果寮"的刨冰,

每个夏季定要品尝一次。

这是我给自己定的规矩。

我喜欢浇白小豆馅的宇治抹茶糖浆。

# 7/28

在树荫下小憩。
虽然想避开日晒,
又感觉依然有沐浴阳光的必要。
尽情地伸个懒腰并深呼吸。

# 7/29

夏日的常备小菜。
芝麻酱拌四季豆、
汤汁酱油渍秋葵、
焯木耳菜拌梅干、
味淋炒青椒小鱼干。
全都是绿色的。

# 7/30

工作商谈迟迟未能结束的傍晚，
正是饥肠辘辘的时候，
夫君为我们做了龙田炸鲐鱼，
油炸的鲐鱼，
最适合配甜辣酱和盐渍柠檬。
油炸食物盛在玻璃器皿里
显得颇有格调。

# 7/31

来自服装搭配师朋友的
纽约特产。
是我目前最想去的一家店
"Burrow"的曲奇!
实在不舍得打开,
那就暂且观望一阵。

# 8/1

开车兜风,
顺便去打泉水。
用这里的水冲的咖啡,
味道好极了。
也许因为知道这里的人还不多,
打水回来的时候,几乎没有遇到别的人。
偶尔来一次,就很愉快。

# 8/2

一个做食物题材的编辑朋友总是忙碌地在国内外飞来飞去,这是她带回的土特产。说是西西里的橄榄园做的风干香草。随意包裹的纸张和手写的文字也好可爱。

一打开就闻见罗勒的清香。曾用过成捆的干燥牛至叶,这样的罗勒却还是第一次。而且有香蒜、香橼、桂皮等,种类丰富,香味也各不相同。

做西红柿和黄瓜的沙拉时,用平底锅煎牛肉或羊肉时都可以用,或直接放在黄油上也会很好吃。今后一段时间,可以用它们搭配各种各样的菜式。这样的特产最让人开心了。

# 8/3

听说"ATLAS antiques"要参加古董集市，好想去看看欧洲的旧餐具、玻璃器皿和刀叉等，于是抱着这样的想法出了门。

今天的货主要是店主的太太Chika女士搜罗的首饰和小玩意。都是些不那么少女趣味，略带成熟感的可爱之物。感觉就像来到了法国的跳蚤市场一样。

8/4

舍不得打开的
纽约特产"Burrow"曲奇，
里层的包装也很可爱。
椰蓉的味道和柔软的口感温润可口。
啊，好想去纽约，
去尝尝这家店的蛋糕。

# 8/5

用汽水兑偏浓的甜米酒。
口感柔润又清爽,
给夏季里疲劳的身体补充点营养。

# 8/6

有美味的奶酪和葡萄酒足矣。

# 8/7

夏天，这成了我家常吃的面。

**炸酱面（2人份）**

猪肉末……300g　茄子……两根　黄瓜……1根　中华面……2把
芝麻油……1½ 大匙

A ┌ 大葱……1/6 根
　│ 生姜……1 大块
　└ 山椒……1/2 小匙

B ┌ 甜面酱……3 大匙
　│ 蔗糖砂糖……1½ 小匙
　└ 酱油……1⅓ 大匙

① 将茄子竖切为两半再切薄片，黄瓜先切成薄片再斜切成细丝备用。大葱、生姜切成碎末。
② 在平底锅中倒入芝麻油和A，小火慢炒至香味溢出。
③ 加入猪肉末，用大火炒透，再加入切好的茄子。
④ 加入B，一边用大火炒一边拌匀。
⑤ 用大锅将足量的水烧至沸腾，将面煮熟后捞出，用冷水降温，彻底控干水分。
⑥ 将面盛入面碗，上面放上④，再放上黄瓜丝，拌匀即可。

# 8/8

为拍摄广告,
来到电影的摄影棚。
为了明天的正式拍摄,
众多的工作人员正默默地做着准备。
我也在几乎什么都没有的临时厨房里摆设用具等,
让物品各归其位以方便自己使用。
这样的时间,我并不觉得难挨。

8/9

摄影时共事的模特
切尔西舞花小姐。
这一天，我不断地做沙拉，
她不断地吃沙拉。
下次见面时一定要好好聊聊。

8/10

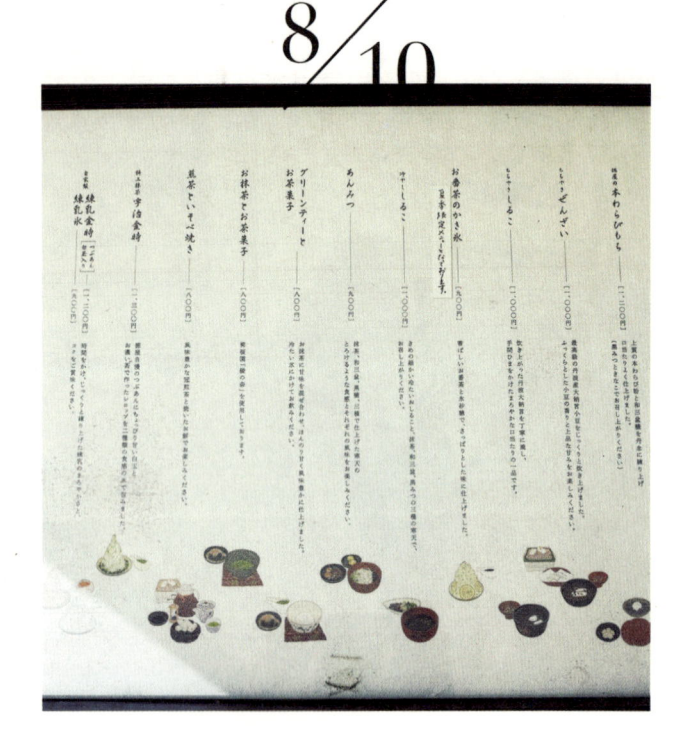

喜欢刨冰,喜欢甜食。
约了朋友,在原宿的"祇园德屋"*。

---

\* 日本著名的刨冰店。

8/11

这顶巴拿马草帽,
已经十分破旧了,依然舍不得扔掉,
还有"shuò"的手链。
两样夏季的配饰,
想用来跟 T 恤或衬衫
不着痕迹地搭配。

# 8/12

为杂志的摄影前往台湾。
那些包了馅蒸,或包了馅生煎的,
看上去非常美味的饺子,
弥漫的水蒸气,无处不在。

# 8/13

这个季节的台湾湿度很高,
阳光也非常强烈。
赶早去散步,真是心旷神怡。

8/14

市场里满满摆放着的
食材和料理。
旅途中不论何时
食欲总被勾起。

# 8/15

因这次的摄影而相熟的
摄影师 Ivy 小姐。
为她帅气又可爱的魅力
倾心不已。

# 8/16

吃到的食物、遇见的人，
一次收获颇丰的摄影之旅。
买来的食材，用来做些什么呢？
在飞机里，回想旅行的滋味。

# 8/17

在台湾的茶艺馆"小慢"寻到的

茶叶和糖果。

迫不及待地拿出来慢慢品味。

店主谢小曼

是一位品味高雅的女士。

若去台湾,定要再度拜访。

# 8/18

用来搭配牛排的配菜。
在熟透的鳄梨里,
放上马苏里拉奶酪,
再加酸奶和橄榄油,
撒些粗盐和黑胡椒,做成沙拉。
牛肉和鳄梨很适合同吃。

# 8/19

每月一次的连载摄影。
虽然是工作,大家都相当地放松。
长期一同工作的团队
相处就是这么融洽。

# 8/20

喜欢眺望夏季黄昏的天空。
工作告一段落的时候
仰望天空,可以换换心情。
况且还吹着凉爽的风。

# 8/21

大分的熟人

寄来许多据说是庭院里的树上结的香母酢柑橘。

可以说,没有比这更天然的东西了。

秋刀鱼上市的季节也快到了,

要多多地挤上一些果汁来品味。

对了,香母酢果冰也要试一试。

# 8/22

露台上只有少量的土，且暴露在直射阳光之下，这么严酷的环境，夹竹桃依然每年开出粉红的花来。它有着堪为行道树的强韧气质。

每当仰望如此可爱的粉红色花朵和夏季碧蓝的天空，精神也会饱满起来。

# 8/23

韩国的水果,香瓜。

没有网纹甜瓜那么甜,

清淡爽口好像蔬菜。

炎热的日子里,这清爽令人愉快。

8/24

清凉悦目。

# 8/25

多可爱的配色啊。
这般色彩和形状的果物，
竟然可以
自然而然地长在枝头而不坠落，
我觉得这是件美好到令人难以置信的事。

8/26

用来吃冰激凌的木勺。
比金属做的质地更柔和,
所以送入口中时也不会觉得不快。
最重要的是,它们多么可爱。

8/27

用香母酢柑橘和紫苏花穗做调料的荞麦冷面。
面条经过喉咙的时候，只觉得满心欢喜。

# 8/28

忙于准备摄影用食材的早晨。

早餐只是把冰箱里有的东西摆出来盛盘。

虽然喜欢可以悠闲度过的早晨，

但偶有忙碌的早晨

也无可奈何……

# 8/29

为探访一家小小的鱼铺而前往三崎。
那家店只在有本地章鱼进货的时候才开张。
店里的人说,除非是相当小的章鱼,才会切块出售。
通常是斜切成薄片,
这样才会柔软可口。
之前不知道,总爱把章鱼切成块……

# 8/30

买到小竹荚鱼，我就做南蛮渍。

名曰"渍"，其实并不腌透，只是配上些醋腌的圆葱和胡萝卜，还可以保留油炸小竹荚鱼的口感。

**南蛮渍小竹荚鱼（2～3人份）**

小竹荚鱼……10条　红圆葱……1/2个　胡萝卜……1/2根　淀粉……适量
菜油……适量　盐……适量

A ┌ 鲣鱼汤汁……200ml　蔗糖砂糖……2大匙　醋……80ml
　└ 清酱油……1/2大匙　干辣椒……1个　盐……适量

① 在小竹荚鱼上撒盐，稍腌一会儿，用纸巾吸去水分。
② 将红圆葱横切成薄片，胡萝卜切丝。
③ 往锅中倒入A，煮沸后加入②，煮4～5分钟后关火，直接留在锅中备用。
④ 在平底锅中将菜油加热至中温，将裹了淀粉的①炸透后将油滤去。
⑤ 将④和③盛入容器中。

# 8/31

在台湾的"春水堂"喝过的珍珠奶茶。
一听说在代官山和表参道也开了店,
立刻去买了来。

# 9/1

早就听说这家名叫"MERCI BAKE"的蛋糕店风格特别可爱,
这是从这家店买回来的。
将芝士蛋糕装在瓶子里,
可爱又别致。
一定是这样的特色吸引了顾客。
回到家立刻开始 coffee break。

# 9/2

为杂志的摄影准备的
"备用汤料"。
只要这样预先做好,
用牛奶或汤汁冲开,
立时就能做成一锅汤。
从一大早开始做了这么多,
摄影即将开始。

# 9/3

位于白金的"利庵",

是一间独自前往也不觉得突兀的荞麦面店。

营业时间不设午休,

所以即使错过午餐时间也可以轻松造访。

9/4

新书的筹划会。

"要做成什么样的书呢？"

首先要不惜时间地交换意见，

然后仔细地商定内容，

最后才是摄影，以及文稿。

做一本书需要时间。

所以当书成形时，总是喜不自禁。

# 9/5

太刀鱼那闪闪发光的外形,
可不就是刀的模样。
松软的肉质,
不论清蒸还是油炸都很美味。

$9/6$

水果也渐渐染上了秋色。
不论无花果还是洋李，
都是长大以后
才觉得好吃的水果。

# 9/7

摄影时如果我也担任陈设的工作，
一般都是用家里常用的器皿。
在几乎都是白色的食器中，
偶尔也会受花纹的吸引。
选择器皿的大前提
是要让料理看起来美味可口。

# 9/8

天有些凉了,

开始觉得

用蒸笼蒸蔬菜也不错。

正逢中秋,

蒸了石川芋来吃。

将热乎乎的芋皮整张剥下,

再撒点好味道的盐,

就足够了。

# 9/9

今天是菊花的节日[*]。
菊花柔软而有弹性的口感,
非常独特,别有一番滋味。
可以醋腌、清汤、拌饭……
它们被华丽地盛在盘里的样子,十分悦目。

---

[*] 即九九重阳节。现代日本人通常按新历过传统节日。——译者注

# 9/10

在青山的"Hermaphrodite"买到的薄毛衣。

后身是加褶的纯棉。

不同素材的组合,

穿上身竟然别有一种成熟的韵味。

# 9/11

秋季之味的代表：无花果、梨、葡萄，
加上蓝纹奶酪、巴萨米克白醋、橄榄油。
有时也会用水果来做料理。

# 9/12

坐在房间角落里,发呆的时间。
什么事也不想的时间。

# 9/13

朋友从岩手寄来许多新鲜的秋刀鱼。
今晚做了生拌鱼片,剩下的做成油封鱼和山椒煮。
山椒煮要把鱼片成三片再切成四等份,山椒果和新姜要多放,用清酒、甜料酒、酱油熬煮。为防止甜味和咸味太过浓厚,稍放一点醋,可使味道更爽口。放一天,入味后更可口。

# 9/14

"怎么这么可爱啊。"在蔬菜店里看到落葵的花,不禁为之感叹。

蒸来吃的话,粉红的花色会变得更加鲜艳。口感有点黏,味道跟落葵的茎叶一模一样。试着用白酱凉拌,白色拌料中露出可人的粉红色,外观和味道相得益彰。

9/15

位于富之谷的"DOUGUYA"是我常去的家具店。
店员二宫咲小姐，
是一位有着清丽气质的美女。
每当经过，我都会进去看看，跟她聊几句。
其实也因为在这间店的楼上，我即将开业的料理工作室正在装修。
完工之后，
邻居之间，还请多多关照。

# 9/16

筑地是我常去的地方。

一大早去一趟，
那一整天，都过得神清气爽。

9/17

这玻璃挂件,
吸引着来客走向里间。
这是某间餐馆漂亮的门厅。

# 9/18

整天写稿,
不禁很想走出家门换换心情。

今天就在外面写吧。

专注的力量要怎样才能培养起来?
只要训练就能提高吗?
好想向谁请教一下。

# 9/19

我爱用的调味料。

"Frescobaldi Laudemio"的油,味道真好。

尤其是用早摘橄榄榨的油,

颜色青绿,带有淡淡的苦味,独具美味。

"MALPIGHI"的巴萨米克白醋,

可用来拌沙拉或腌泡菜自不用说,也可用作饮料的调味。

两者都是位于代官山的"CHERRY TERRACE"的常备商品。

# 9/20

又到了围大披肩的季节。
每到用围巾或披肩的季节，
就想剪短发。

# 9/21

天空渐渐变成了秋天的样子。

秋蝉也开始鸣叫,
季节缓缓变换。
接下来天气就要转寒了吗……
曾经那样地期盼
炎热快点结束,
现在却不由得感到寂寞。
人怎么会这么任性呢?

# 9/22

德拉华葡萄和梨
是我从孩提时代就喜爱的秋季果物。
德拉华甚至可以一次吃掉两串。

# 9/23

一边看书稿的草样,一边与设计师讨论。
各色各样的意见一点点堆积,书渐渐成形。
总之,要多沟通。

# 9/24

临时决定和夫君一起吃午饭，于是急忙就现有的食材做了准备。

土豆用油炸过，西兰花、小洋葱和小番茄用月桂叶添加香味，然后只需放进烤箱烤一下。羔羊肉也是在平底锅里煎一下，放上香菜即可。

即使做法简单，装在大盘里也会显得很丰盛。

快刀斩乱麻般做好，只要有食欲和劲头，围坐桌旁也能顿生喜悦。

9/25

错过了午饭时间,肚子有些饿了,于是在银座的"虎屋果寮"点了炒青大豆饭。听邻桌阿姨们谈论着关于养生和医院的话题。
一个人去也觉得很开心。

# 9/26

这些是我一点点搜集起来的玻璃杯。
有在日本买的,
也有在巴黎的跳蚤市场淘来的。
要把薄而易碎的杯子从旅途中带回相当不容易,
不过经历一番辛苦,用的时候回忆起来,更觉欣喜。
虽然想尽量不增添物品,
但是预感只有玻璃杯,会越来越多。

# 9/27

认识近二十年了,
"mina perhonen" 的店长
石泽敬子女士。
多年的老友,
衣服合适或不合适,她都会直言不讳。

# 9/28

和式器皿的中型钵，不管怎么用都可以。

煮菜或凉拌且不用说，

作为果盘很合适。

深沉的釉色把白色的食材衬托得分外鲜明。

白色蔬菜越发美味的季节即将到来，

这件器皿登场的次数也将越来越多。

# 9/29

从儿时起就喜欢吃栗子。

每到十一月过生日时,

煮栗子饭成了老规矩。

虽说是在秋天,

但十一月已经过了栗子的季节,

总是让妈妈很为难。

得知有一种用栗子做的优雅点心

是在长大以后。

栗子金团这种点心

能让人细细品味秋天的来临。

# 9/30

跟工作伙伴久违地聚了一餐。
乃木坂的"祥瑞"是深受欢迎的肉菜馆。
因为肉太大块,
四人同去正好可以多吃几种。
四个人都特意没吃午饭,
聚在一起,那种想要大快朵颐的气势
真是没得说。

# 10/1

食材的颜色
渐渐变成茶色系的季节。
有许多外观不太华丽，却十分美味的食物，
这样的季节来临了。
今天是蘑菇酱贝壳面。

# 10/2

虽说现在是茶色系食物很多的季节,
但不论哪个季节都有颜色娇艳的水果。
青苹果曾是我孩提时向往的水果。
青苹果,这个词的发音
以及想象中的味道,都曾吸引着我。

# 10/3

每当买到较细的藕和红薯,

我就会想做脆薄片。

切成薄片,用水漂洗之后彻底晾干。

其实更近于风干。

决定了,明天的零食就做根菜薄片。

# 10/4

用油一炸就缩得只有一点点了。
早知如此昨天多晾一些就好了。
现炸的薄片撒上盐,配煎茶一起吃。
好吃得停不下来。

# 10/5

"shuò"是以冠婚丧祭为主题的首饰品牌，
听说新店即将在惠比寿开张，
连忙前往。
虽说用于冠婚丧祭，
其实是每天都可以戴的珍珠项链和耳环。
能用于日常也是一种魅力。
两位可爱的女孩接待了我，
刚刚落成的店，
今后相当令人期待。

## 10/6

房间一角若有花，
心情便随之欢畅起来。

# 10/7

用水果、干果和巧克力
做点心的摄影。
创作点心的食谱我不是那么擅长，
不过做出来的点心十分可爱，
不由得想，
还是甜食能给人幸福感啊。

# 10/8

虽然现在并不流行圆点纹样,
还是买了两条夫妻款的圆点披巾做秋天的配饰。
想试着用这条以黄色做亮点的披巾来配雨衣。

# 10/9

开始工作吧！一边这么想，
一边光顾着喝茶。
茶和点心都没有了，
工作依然一无所获……
这样的情形不断地重复着。

# 10/10

双排扣式样的"Mackintosh"。
即使双排扣也不觉得孩子气，
大概是因为面料富有弹性的质感吧？
中意这很有秋季氛围的卡其色。

# 10/11

走在时常散步的银杏道，
不由吸了吸鼻子。
嗯？已经结银杏了？！
才想到这里，
脚下已踩到果实，
还发出吧唧吧唧的声音。
一看周围，
这里那里落得到处都是。
我最喜欢的银杏的季节！
只是，毕竟不能直接用手去捡……
唉，早知如此，带了胶皮手套来就好了。

# 10/12

夫君是摄影师,从上月起,
来了两位新助手。
虽然在一起工作不满一个月,
但他们每天过得非常充实,
似乎好开心的样子。

10/13

做我最喜欢的热苹果汽水。

将苹果磨碎榨汁,
倒入生姜末和苏打水,
加上蔗糖、砂糖用小锅加热,
再撒点桂皮粉。

# 10/14

在四谷的"八竹"
买了盒装的茶巾寿司做礼物,
然后在"福永水果甜品店"
吃一份当季的芭菲。
四谷三丁目的十字街口,很难过门而不入。

# 10/15

放了干果与朗姆酒的
"wagashi asobi"的羊羹。
虽然是非常新式的和式糖果,
但是相当讲究且可口。
简介文字中建议切成薄片配红葡萄酒或威士忌,
这点也令人信服。
确实不仅可以作为茶点,
还可作为别致的伴酒零食。

# 10/16

装饰在墙上的速写
是"mina perhonen"的设计师皆川明先生的作品，
视线不觉间被吸引。

# 10/17

自从在这里开始生活,
从未换过的一帧照片。
每天看着它,
它也同样地每天
看着我们一家呢。
365日已到第三轮。

# 10/18

拿手的鸡蛋三明治里加入酸奶，

爽口，糯软。

**糯鸡蛋三明治（2 人份）**

鸡蛋……2 个

A
- 盐……两撮
- 黑胡椒……少许
- 蛋黄酱……1½ 大匙
- 纯酸奶……1 大匙

火腿……2 片　薄片早餐面包……4 片　黄油……适量

① 将鸡蛋放入沸腾的开水中，煮 8 分钟。在冷水中凉一下，剥壳后用叉子背将鸡蛋碾碎，加入 A 中拌匀。
② 在早餐面包上薄薄涂一层黄油，将①与火腿夹在其中。切成易于食用的大小。

# 10/19

今天的早餐，

显而易见，就是一道

以摄取营养为目的的沙拉。

煮好的麦片，加上鳄梨、煮鸡蛋、杏仁和缩缅杂鱼[*]。

---

[*] 黑背鲲的幼鱼鱼干。因手感类似缩缅皱绸而得名。——译者注

# 10/20

横滨的元町开了一间让我想经常去的咖啡馆。
是那种想一直坐着读书,
让时间缓缓流过的地方。
这令人舒心的感觉,究竟是什么呢?
开了这间咖啡馆"LENTO"的两夫妇
曾经营位于下北泽的"CICOUTE CAFÉ"。
难怪……不过,我感觉比起当时,
这里的确拥有不一样的好。
我想冲着颇受好评的"苹果挞"和可口的咖啡,
去度过一段舒心的时光。
距离东京稍有距离,也是个优点。

# 10/21

长田弘先生的诗是我一直以来喜欢的。

凑巧的是,好友送给我的新婚贺礼
便是长田弘的诗集。
偶尔打开,
静静地读那一页。

# 10/22

洋葱、大蒜、土豆、红薯、月桂叶。
常备的蔬菜
放在一个大大的托盘或盆子里。

# 10/23

STAUB 的铸铁锅将要大显身手的
慢炖菜的美味季节。

# 10/24

落叶也染上了颜色,
不论室外还是室内,秋色渐浓……
一年之中,心境最安宁的季节。
只想平稳悠然地享受现在。

10/25

数年前,去轻井泽的朋友
为我带回一瓶那里特产的
小布施町"樱井甘精堂"的栗子蜜。
因为是煮栗子时熬成的蜜,
有一股淡淡的栗子香。
清爽的甜令人上瘾。
自那以后,总是拜托夏天去轻井泽的妈妈
为我买回来。

# 10/26

加了满满干果的面包，
将表面稍微烤一下，
表面厚厚涂上发酵黄油。
要趁黄油没化之前吃。

# 10/27

早餐做了西兰花和大葱的浓汤。加一点豆浆,就成了漂亮的淡绿色。

比起直接吃,我用柿子做菜的时候更多。萝卜切成薄薄的圆片,放进烤箱一烤,水分烤干后收缩,口感变得不同,甜味也增加了。这两样合在一起,做成柿子和烤萝卜片的沙拉。也不能少了炸得香喷喷的核桃和蓝纹奶酪。

重新烤过的小面包上,涂上厚厚的发酵黄油,尽情撒上干罗勒粉。扑鼻而来的罗勒香气,以及温热的小麦味,带来一段幸福至极的时光。

# 10/28

棉布要洗旧的才好。
也不用熨烫。
所以桌布我几乎每天都换洗。
越用越绵软,
跟房间也渐渐协调。

# 10/29

将芜菁和茄子用烤锅烤,
看上去都觉得好香。
烤痕俨然也是味道的一部分。
加橄榄油和盐,
用一点红酒醋腌一下,
就可以用来搭配肉或鱼。

# 10/30

一直想要一整套古董银餐具,但是很难凑齐,因为找不到状态良好且尺寸合适的。

正餐用的尺寸一般都太大,觉得比甜点用的那种稍大一些最合适。

想要刀、叉、勺各 10 副。不知何时才能遇见。

这几把勺子是甜点用的尺寸,也可用于正餐。虽然只是勺子,遇上了就先买下吧。

10/31

今天的早餐是鸡蛋三明治。

做吐司三明治时,
相比用煮鸡蛋,我更喜欢用煎鸡蛋。
将煎得平平整整的煎鸡蛋切成两半,
和用盐揉过的黄瓜一起夹在吐司里吃。
只有这时蛋黄酱必不可少。

# 11/1

"YAECA"的衣服也许是我最常穿的，也是对我来说最有感觉的。
设计师井出恭子小姐
是个散发着温柔从容气质的美丽女人。
关于服装、饮食
以及店铺和住房的空间设计等，
我都想与她慢慢细聊，
于是来到白金的"YAECA HOME STORE"。
这地方不论什么时候来，都令人怡然自得。

# 11/2

新的工作室,位于公寓中的一个房间。
从这只有骨架的空间开始,
厨房和办公室将一点点建起。
为了明年起在这里开始料理教室,
我正在搜罗用具和器皿。

# 11/3

将早餐面包烤得脆脆的，
涂上厚厚的栗子酱。
暂时将享受甜品的罪恶感抛在脑后，
毫不客气地大快朵颐。
"松仙堂"的纯栗子酱，
那味道简直就像在直接吃栗子。

# 11/4

总是放在客厅的当季水果。
偶尔,将它们移到位于厨房一角的
洗衣干燥机上,来增添一抹色彩。
我有时也把做面包需发酵的面
放在温热的干燥机上……
很方便。

# 11/5

喝薄茶\*的时候

配的是一种名叫"吹寄"的干果子。这是用来装吹寄的簸箕。

据说是模仿清扫落叶时用的簸箕和扫把做成的。

拥有如此幽默感的

茶道世界实在有趣。

从茶道老师那里获赠以来,

秋季里每到下午茶的时间,

我就会为了想用这簸箕

而去买了吹寄来。

---

\* 一种较淡的抹茶。——译者注

带骨猪肉要选用软骨的部分，才能做出酥脆又可口的味道。

### 带骨猪肉和牛蒡的蚝油煮

带骨猪肉……400g　牛蒡……2根　山椒……1/2小匙　芝麻油……2小匙

A ┌ 生姜（薄片）……1大块　蚝油……2大匙　蔗糖砂糖……1小匙
　├ 粗盐……两撮　黑胡椒……适量　咖喱粉……1/2小匙
　└ 绍兴酒……1大匙　酱油……2小匙

① 猪肉稍加冲洗，用充足的开水煮至沸腾。用餐纸拂去水分后放入钵中，加A轻揉，放置半小时使之入味。
② 将牛蒡刮皮，粗的部分竖切为两半，切成5cm大小的长条。放进醋水（未计入分量）漂洗后控干水分。
③ 将芝麻油倒入厚实的锅（如STAUB铸铁锅等），以中火加热，将①连同汁水一起倒入锅中迅速搅拌，倒入②和山椒后盖上锅盖。以小火煮30～40分钟。期间为防止煮干可适量加水（未计入分量）。
④ 至水分几近煮干，拌匀即可。

# 11/7

也许因为生在秋天,
这一季是我最喜欢的时节。
空气清爽,
树叶也染上了悦目的颜色。
感受着日渐寒冷天气的同时,
却愿继续享受所剩不多的秋天。
如此说来,
很多人都喜欢自己出生的季节,
这是为什么呢?

11/8

这做成玫瑰花瓣形状的
"Les Merveilleuses LADUREE"的腮红,是用来做摄影小道具的。
之前都不知道拉杜丽\*还做化妆品。
非常少女气,
虽然与自己很不相配,
这花瓣的美依然令我感动。

---

\* LADUREE,巴黎著名甜点品牌。——编者注

# 11/9

烤了面包，
就会想把有关面包的道具
都摆出来。
面包刀、奶酪刀、
果酱匙、黄油盒、黄油刀。
黄油刀简直就是
一把又一把。

11/10

夕阳映照出来的枝叶影子。

秋意渐浓……

11/11

从下田寄来的鱼干什锦盒。
"鱼若"的鱼干,
根据鱼的种类以及脂肪多少而调配盐量,
精心制作而成。
肉质松软,十分美味。

# 11/12

将炒过的杏仁、绿葡萄干、苏丹娜葡萄干混合在一起,
放在厨房备用。
或在南瓜沙拉中放一点,
或用来炖大块的肉,或撒在烤过的蔬菜上。
接下来的季节预备一些会很方便。

那就用杏仁葡萄干做个菜，

红黄大辣椒烤至绵软，将杏仁葡萄干做成酸甜的泡菜。

**烤红黄辣椒拌杏仁葡萄干（2～3人份）**

大辣椒（红、黄）……各1个　杏仁、葡萄干……混合80g
红酒醋……1～2大匙　蜂蜜……1～2小匙
橄榄油……1大匙　粗盐……适量

① 大辣椒用烤箱或烤架大火烤至外皮发黑。在冰水中浸一下，迅速剥皮后，用餐纸擦干。
② 将①竖切为两半，摘蒂并去籽，切成适当大小后将之在容器中摊开。
③ 在小平底锅中放入杏仁和葡萄干，用小火稍微炒一下。倒入红酒醋和蜂蜜，中火加热并迅速拌匀。
④ 将③倒在①上做配料，再滴橄榄油，撒粗盐，放冰箱保存使之入味。

# 11/14

香菇、杏鲍菇、洋菇等,总之把各种蘑菇切细,加少量的大蒜、欧芹,用重油炒透。蘑菇出鲜味,所以调料只需盐和胡椒。

炒好的香菇可以加牛奶做成汤,当然也可以拌在意面里吃。还可以配蛋包饭或与海味同煮。

有时间的时候多做一些,保存在瓶子里备用。

# 11/15

在雨淅淅沥沥下个不停的日子里摄影。

柔润的光线中,

可以拍摄到

晴朗日子里拍不出的美。

雨天、晴天,各有各的好。

# 11/16

位于伦敦的餐馆"St. JOHN"的食谱
*Beyond Nose to Tail*。
要说这本书好在哪里,
图片、设计自不用说,
更可贵的是享受料理的自由态度。
翻看了不知多少回,书页都翻旧了。
跟夫君各自拥有一册,所以有两册。
如果有机会去伦敦,
一定要去一次这家餐馆。

需裹面衣煎炸的炸牡蛎，

窍门只有一个，

在裹面衣之前将牡蛎焯一下。

煮太久的话，鲜味就没有了，所以只能稍微焯一焯。

这样牡蛎肉才会鲜嫩又多汁。

将水分控掉一些，

然后只需照常裹上面衣即可。

做出来的就是

外酥里嫩又多汁的炸牡蛎。

# 11/18

突然想吃稻荷寿司，
于是煮了寿司饭。
这时候出场的是
在越南的市场上买的竹扇子*。
一转眼用了快二十年。
相当够本了呢。

---

\* 拌寿司饭时为了使米饭迅速降温，不至黏成团，通常的做法是边拌边扇扇子。——译者注

# 11/19

傍晚,在朋友的新家喝茶。
在太阳西斜的房间里聊着天,
能感觉到心情一下子
平静下来。
多么舒适的空间啊。

# 11/20

跟编辑和文案一起
开完了关于新书的第一次碰头会。
大家提出了各种各样的意见,度过了颇有收获的时间。
好喝的茶和香甜的点心,
仿佛也为我们提供着动力。

# 11/21

"SAINT LAURENT"这款包的深灰色
不论跟什么衣服配都很协调。
跟夫君共用的包。
话虽如此,
常常是让夫君先拿去用了。

# 11/22

长在露台上风最大的地方的
蓝花楹。
园艺店的人告诉我,
最初的几年
常担心这树到了冬天可能会枯死。
今年冬天会怎样呢?
应该能顺利越冬吧。

# 11/23

明信片和成套的信笺，
只要遇到合意的我就会买下来。
一边想着收信人的样子，一边选择适合他（她）的那一款，
也是件快乐的事。
这本画家弗隆（Jean-Michel Folon）的明信片书是父亲的，在我上高中的时候他送给了我。我一直很珍惜，一点点地用到现在。

# 11/24

在"ARTS & SCIENCE"展的时候买的蒸汽乳霜。
秋冬季节我的常备之物。
味道非常好闻,所以出门时不单手上,脸上、颈上也稍微涂一点。
一盒放在包里,
另一盒放在玄关。

# 11/25

这把比西餐勺稍大的勺不是很厚,
觉得可以用作分菜的大勺,买了两把。
一问才知是比利时产的纯银制品。
那就随时保养着用吧。

# 11/26

"BILLYKIRK"秋冬款的帽子，
衬衫长裤的时候自不用说，
跟连衣裙也很配。

# 11/27

外婆的家,也是我的出生地,
从小就熟悉且喜爱的地方,西荻漥。
给料理家当助手那段日子也时常回来,加上现在母亲也
住在这里。我跟这里总是有缘。
有的店曾和外婆去过,至今未变,新开的店也很多。
最近和母亲一起,
吃日餐就去"食事屋野良坊",吃西餐就去"食堂久岛"。

# 11/28

一旦天气转寒,
就想喝甘甜暖胃的奶茶。

奶茶(易做的分量)

红茶……2 茶匙
水……200ml
牛奶……200ml
姜片……3 ~ 4 片
砂糖……适量

① 将水倒入小锅煮沸,放入红茶和姜片后,小火煮 1 分钟。
② 加牛奶用小火慢慢煮沸后,再煮 2 ~ 3 分钟。按喜好加入适量的砂糖。

# 11/29

房间的布置
几乎从未变过。
过去时常在夜里一时兴起,
重新布置房间。
可以改善心情,
倒也是件好事。
差不多,也该来一次了。

# 11/30

书架上模样可怕的狗。

这类怪模怪样的摆设都是夫君放的。

夫君似乎对它们相当中意。

朋友来时,我总解释说:

"这可不是我的品味!"

然而放在这里也并不让人讨厌,

还算在容忍范围之内吧。

跟谁一起生活,从好的一面来说,

"唉,好吧"的情形会逐渐增加。

倒也不赖。

## 12/1

用各剩了一点点的蔬菜，
做成汤。
虽然各自分量不够做一个菜，
但这样那样凑起来，
就能做出可口的味道。
因为是用现有的蔬菜，
做出来的汤是仅此一回的味道。

# 12/2

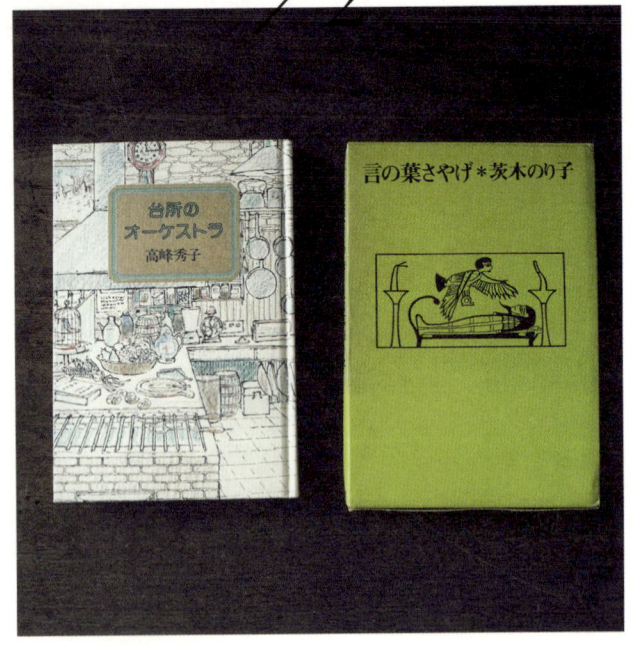

比约定的时间
早到了一会儿。
如果一个人先去约会的餐馆,
会觉得无所事事,
于是顺道拐进了一旁的旧书店。
我平时认为,
找书这件事
应该是在时间充足的时候慢慢地进行。
但在十五分钟的短暂时间里,
居然还是有吸引我的书。
那就顺应这吸引力和直觉吧。

# 12/3

短靴和长筒靴。

秋冬两季,几乎每天都穿。

即便在春夏季节,我也不擅穿高跟鞋。

# 12/4

可以男女兼用的"ART & SCIENCE"的羊绒披肩。
质地很薄,但是柔软又温暖,令人不禁想把脸埋进去。
披肩不管有多少条都不嫌多。

用少量的素材和简单的方法做火锅。鸡肉油炸之后再放进去，会有不一样的醇厚滋味。

炸鸡火锅（3～4人份）

鸡翅膀（普通大小）……300g

A ┌ 绍兴酒（或日本清酒）……1大匙　酱油……1大匙
　└ 蔗糖砂糖……1/2小匙　粗盐……1/5小匙　黑胡椒……1/4小匙

白菜……1/6棵　生姜……1大块　粉丝……100g　鲣鱼汤汁……800ml
粗盐……适量　酱油……2小匙　芝麻油……2小匙　油炸用的油……适量

① 将鸡肉在A中腌20分钟以上，用餐纸拭去水分，用加热至中温的油干炸。
② 将白菜切块，生姜切成细丝。粉丝用水发开，切成易于食用的长短。
③ 在土锅中倒入芝麻油，烧热，倒入姜丝和白菜稍微翻炒一下。将火调小，盖上锅盖，焖大约5分钟，以使白菜变软。
④ 往锅中倒入①和鲣鱼汤汁，调至中火，煮沸后倒入粗盐和酱油，煮至白菜烂软。将粉丝倒入，煮软，若味道太淡，可稍加一点粗盐调味。

# 12/6

用月桂叶做菜的时候
不要直接下锅,
先随手折几道折痕。
这样一来,溢出的香味截然不同。

## 12/7

夫君在"MARNI"为我买的。
说起来，
这还是我第一次拥有一双手套。

# 12/8

心情有些沮丧的时候，
热巧克力会带来抚慰。

# 12/9

又松又软的馒头。
位于世田谷"鹿港"的馒头
是我家时常要买的。
还有其他吃法,在微甜的面饼里
夹上红烧猪肉块、炒青菜或者鸡蛋烧。

# 12/10

煎猪排佐苹果酱。

苹果酱里放了苹果、黄油、橙汁、桂皮、生姜和葡萄干。

夫君的拿手菜。

# 12/11

用于红茶试饮的茶壶和茶杯。

据说是在比较茶叶或查看汤色时用的。

觉得只冲一杯红茶的时候会很好用，

于是请"teteria"的大西进君转让给了我。

早晨，和夫君分成喝红茶和喝咖啡两派的时候，

用起来也很方便。

# 12/12

当上料理家的助手后不久,我就与她相识了,
自那时起,我一直敬仰的服装搭配师CHIZU女士。
曾经向往,能与她共事就好了……
她虽然于我是这样的存在,
却对我一直很亲密,是我心灵的师长。
何谓工作,何谓自由职业,
何谓活泼女性的魅力,何谓时尚。
这样那样的事,都是看着CHIZU女士学会的。
你永远也追赶不上,永远都走在你前方,
有这样的人生前辈,是多么美好的事啊。
不知自己何时也能成为这样的人呢?

# 12/13

位于富之谷的"Le Chalet"的
法式吐司。

与其称之为法式吐司，
倒不如叫蜂蜜吐司更合适？
用的是天然酵种的乡村面包，
有着恰到好处的酸味和口感，
十分美味。

12/14

偶尔

来一个蜡烛之夜也不错。

# 12/15

缝纫我只会钉纽扣和纫边。
虽然祖父曾经是男装西服的裁缝,
我却没能继承他的手艺。
为着哪怕能稍微提高一点兴致,
把中意的盒子当针线盒来用。

# 12/16

寒冷的季节选白色的包。
能衬托大衣的颜色。

# 12/17

每到圣诞将近，
就把漂亮的雪山雪景球摆起来。

# 12/18

位于吉祥寺的
"Roundabout"和"OUTBOUND"的店主小林和人先生。
店里的日用品和装饰品等物件，
都经过了犀利的审美眼光的筛选。
被他的眼光相中的东西，
似乎都有着同样的气质。
与小林先生聊天时，
时间转瞬即逝，
聊到最后，
肚子总会饿得咕咕叫。
一定是因为太耗神了。

# 12/19

家人因为感冒没有食欲,
或是感觉浑身发冷的时候,
就冲碗葛粉汤。
总之可以暖和身体。

# 12/20

古老的建筑物
往往拥有现代建筑缺少的风韵
和令人赏心悦目的别致设计。

银座鸠居堂的大楼也很摩登。

# 12/21

每到冬季就很想吃的古格霍夫蛋糕。
配上打得极其松软、入口即化的奶油。

# 12/22

冬至吃南瓜\*。

煮来吃的话，吃不了太多，

所以，用葡萄干和红酒醋做成酸甜的西式料理。

**西式煮南瓜（易做的分量）**

南瓜（小）……1/4 个　红圆葱……1/2 个　小番茄……8 个
葡萄干……40g　红酒醋……2 大匙　蜂蜜……1/2 大匙
粗盐……两撮　橄榄油……2 小匙

① 南瓜除去瓤和籽，切成 3cm 大小。红圆葱切成 5cm 的细条。小番茄摘蒂备用。
② 在锅中倒入橄榄油，以中火加热，将材料全部倒入，盖上锅盖。不时搅拌一下，然后用小火煮 20 ~ 25 分钟即可。

---

\*　日本人有冬至吃南瓜、洗柚子浴的习俗。——编者注

# 12/23

以前在台湾买到的活版铅字。

一直舍不得用。

就这样做装饰也很好啊。

# 12/24

做烤牛肉，其实意外地简单，看上去又很丰盛。

可以在聚百乐餐的时候带去。

**烤牛肉（易做的分量）**

牛腿肉……1公斤　橄榄油……1大匙

A ┌ 大蒜……1瓣
　└ 粗盐、黑胡椒……各适量

① 将 A 的大蒜捣成蒜泥。用棉绳将牛肉捆好，将 A 均匀地抹在牛肉上，在室温下使之回温。将烤箱温度调至 170℃。

② 将铁锅加热至冒烟，在锅底铺一层橄榄油。倒入①，一边翻转一边将表面煎至焦黄。

③ 将牛肉盛入烤盘放进烤箱，烤大约一个小时。一边烤一边用肉类温度计测量肉中心的温度，直至温度达到 54℃。

④ 用银纸将肉包好，放置约 15 分钟，然后切成薄片食用。也可以在烤盘空着的地方放上土豆等，与肉同烤亦佳。

# 12/25

这两个瑞典的古董刻花玻璃杯
是朋友赠送的礼物。
刻的花纹很有圣诞氛围，
今晚就用它们了。

# 12/26

差不多到了一年工作终结的时候。
该考虑除夕之前的家务安排了。
今年是做彻底的大扫除,
还是跟平时一样做做清洁就可以了呢?
说起来,三十多岁的时候,
大概是因为一年里猛烈工作带来的疲劳,
到了终结一年工作的时候,
常常因发高烧卧病在床。
现在则是与平时并无二致地度过。
是神经变粗糙了,
还是紧绷的干劲松懈了呢?

# 12/27

贮存瓶不论何时
都在等着好吃的东西装进去。
年底年初做贮存食物时，它们又将大显身手。

# 12/28

无愧标签上的"逸品"二字,
真是非常漂亮的冬菇。
看来也只能用在过年菜里了。

# 12/29

夫君家代代相传的多层套盒。
单层的这个重新漆过。
边修复边使用,
这样的东西得好好珍惜。
差不多,该开始做过年的准备了。

# 12/30

年饭的内容,除了固定的菜式,
还会加一点不一样的东西。
百合根茶巾*和红薯茶巾。
百合根和去核的梅干合起来包的话,
就是红白两色,看着喜庆。
红薯的茶巾,
用来代替甜栗金团。

---

\* 也叫茶巾绞。用茶巾等将捣碎的材料拢成团子形的传统料理。——译者注

# 12/31

一直以为,过年荞麦是要在日期变换之前开始煮面,然后一边吃一边说"快吃快吃,要不年都过去了"。

因为孩提时的记忆即使如此。还以为是在新年到来前的那一刻吃下,所以叫作过年荞麦。

得知过年荞麦也可以作为午饭或晚饭在荞麦店吃,是在长大后很多年的事。

总而言之,今年也平安度过了。然后,愿新年也是美好的一年。

图书在版编目（CIP）数据

365日：永恒如新的日常 /（日）渡边有子著；吴菲译. -- 南昌：江西人民出版社, 2016.12（2022.7重印）
ISBN 978-7-210-08916-2

Ⅰ. ①3… Ⅱ. ①渡… ②吴… Ⅲ. ①散文集—日本—现代 Ⅳ. ①I313.65

中国版本图书馆CIP数据核字(2016)第269811号

*365NICHI. CHIISANA RECIPE TO HIBINOKOTO* by Yuko Watanabe
Copyright © Yuko Watanabe, 2014
All rights reserved.
Original Japanese edition published by SHUFU TO SEIKATSU SHA CO.,LTD.

Simplified Chinese translation copyright © 2016 by Ginkgo (Beijing) Book Co.,Ltd.
This Simplified Chinese edition published by arrangement with SHUFU TO SEIKATSU SHA CO.,LTD., Tokyo, through HonnoKizuna, Inc., Tokyo, and Bardon-Chinese Media Agency

版权登记号：14-2016-0375

## 365日：永恒如新的日常

作者：[日]渡边有子
译者：吴菲　责任编辑：王华　胡小丽
出版发行：江西人民出版社　印刷：北京盛通印刷股份有限公司
889毫米×1194毫米　1/32　11.5印张　字数145千字
2016年12月第1版　2022年7月第12次印刷
ISBN 978-7-210-08916-2
定价：68.00元
赣版权登字 -01-2016-691

---

后浪出版咨询(北京)有限责任公司　版权所有，侵权必究
投诉信箱：copyright@hinabook.com　fawu@hinabook.com
未经许可，不得以任何方式复制或者抄袭本书部分或全部内容
本书若有印、装质量问题，请与本公司联系调换，电话010-64072833